tredition®

www.tredition.de

AF185709

ÜBER DIE AUTORIN

Christin Kindt, geboren 1993 in Rostock, ist Angestellte der Stadtverwaltung der Hanse- und Universitätsstadt Rostock und Fernstudentin an der Internationalen Hochschule Bad Honnef. Nach ihrem Abschluss am Gymnasium in Sanitz im Jahre 2012 begann sie die Ausbildung zur Verwaltungsfachangestellten, die sie 2015 erfolgreich beendete. 2016 entschied sie sich Wirtschaftsrecht zu studieren und steht mittlerweile kurz vor dem Abschluss. Die Faszination für Thriller und Krimis jeder Art bewog sie dazu, im Januar 2019 ihr erstes eigenes Buch mit dem Titel "Indem sie schweigen, reden sie - Rostocks Peiniger" zu schreiben, das Ende Februar fertiggestellt wurde und Teil einer Reihe ist. Mit "Indem sie töten, leben sie – Rostocks Richter" veröffentlichte sie ihr bislang zweites Buch und schließt ihre erste Reihe ab.

Christin Kindt

INDEM SIE TÖTEN, LEBEN SIE

- ROSTOCKS RICHTER -

www.tredition.de

© 2019 Christin Kindt

www. christin-kindt.de

2., korrigierte Auflage

Korrektorat: Nina Micieli

Titelabbildung: ©OtmarW

Verlag & Druck: tredition GmbH, Halenreie 40-44, 22359 Hamburg

ISBN

Paperback: 978-3-7482-9785-7

Hardcover: 978-3-7482-9786-4

e-Book: 978-3-7482-9787-1

Für Lisa und Katrin

"Ich beschäftige mich nicht mit dem,

was getan worden ist.

Mich interessiert, was getan werden muss."

Molière

KAPITEL 1

Rostock, 10. Juli 2018

Ich saß, wie so oft, in meinem Büro und wartete geduldig auf meinen nächsten Patienten. Das Fachgebiet der Psychologie war breitgefächert und wurde niemals langweilig. Glücklicherweise traf das auch auf meine Besucher zu. Jeder hatte seine individuellen Eigenarten und Vorlieben. Doch auf den jungen Mann, der mir an diesem Tag begegnen sollte, war ich nicht gefasst.

Ein vorsichtiges Klopfen ertönte und ich erhob mich aus dem ledernen Drehstuhl. Noch einmal meinen Anzug richtend, kontrollierte ich mein Aussehen, ehe ich öffnete.

»Guten Tag. Mein Name ist Dr. Leptin. Sie haben einen Termin?« Die unbekannte Frau mir gegenüber nickte vorsichtig. »Dann müssen Sie Frau Hayden sein! Bitte, treten Sie ein und nehmen Sie Platz.« Die dünne Frau mit den dunklen Locken schaute sich kurz um und murmelte etwas. Verwirrt sah ich sie an.

»Silas! Wir hatten das doch besprochen! Nun komm schon!«, fauchte sie über ihre Schulter hinweg und zog die Stirn verärgert in Falten. Ein junger Mann, der sich hinter ihrer hageren Gestalt versteckt gehalten hatte, trat vor und schlich an mir vorbei. Dabei wagte er es nicht, den Blick zu heben. Die beiden ließen sich in die Sessel sinken, während ich meinen Drehstuhl heranzog. Das Büro war nur für Einzelgespräche ausgelegt, doch wo ein Wille war, war auch ein Weg.

»Worum geht es denn? Sie hielten sich am Telefon recht bedeckt, Frau Hayden.« Der Stift in meiner Hand schwebte erwartungsvoll über dem Notizblock, bereit das Krankheitsbild zu erfassen.

»Silas braucht eine Therapie! Er hat unglaubliche Angststörungen!« Sie gestikulierte wild mit den Händen, deutete immer wieder auf ihren Sohn.

»Angststörungen also. Ich verstehe. Das sollte kein Problem sein«, sagte ich leise und begann zu schreiben. Bereits während des Studiums hatte man mir gesagt, dass meine ruhige Stimme häufig eine besänftigende Wirkung auf Patienten hatte und ich hoffte, auch Frau Hayden würde sich ein wenig entspannen. Doch bei dieser hysterischen Frau schien ich gar nichts auszulösen.

»Manchmal kommt er tagelang nicht aus seinem Zimmer! Wie soll das weitergehen? Junge! Du brauchst soziale Kontakte! Du brauchst Freunde! Wieso kannst du nicht normal sein?!« Frau Hayden schrie ihren Sohn fast schon an, der nur mit hängendem Kopf dasaß.

Mein Blick glitt zwischen den beiden hin und her. Sie beschimpfte ihr Kind weiter, während er stumm blieb.

»Du bist ein Nichtsnutz! Wie konntest du nur so werden?« Der junge Mann ballte die Hand zur Faust, zeigte sonst jedoch keine Reaktion.

»Silas! Hörst du mir überhaupt zu?« Die Frau erhob sich und packte den jungen Mann bei den Schultern. Sie schüttelte ihn, dass ich glaubte, sein Kopf würde gleich abfallen. Plötzlich stoppte sie ihr Tun und wich erschrocken einige Schritte zurück. »Lass das! Hör auf! Nicht schon wieder!«

Silas bewegte die Lippen, ohne einen Ton herauszubekommen. Dabei funkelte er Frau Hayden immer wieder an, bevor er das Gesicht ruckartig abwandte. Was hatte er? War es seine Mutter, die etwas in ihm auslöste?

»Würden Sie uns vielleicht allein lassen? Damit wir ungestört reden können? Ich denke, das wäre besser.« Ich war aufgestanden und hatte der Frau, die meiner Bitte folgte, eine Hand auf den Rücken gelegt. Langsam schob ich sie in Richtung Tür.

»Passen Sie auf! Der ist nicht normal!«, flüsterte sie mir noch zu, als wir fast schon draußen waren.

»Keine Sorge, Frau Hayden. Das ist hier niemand.« Ich lächelte und schloss die Tür hinter ihr. Als ich Silas ansah, war er wieder die trostlose Gestalt, die vor wenigen Minuten mein Büro betreten hatte.

»Nun, jetzt sind wir ungestört. Du kannst ganz offen mit mir reden. Ich werde deiner Mutter nichts sagen. Hast du verstanden?«, vergewisserte ich mich, als ich zurück zu den Sesseln ging. Er nickte nur, sah mich nicht an.

»Sie wird oft wütend, richtig? Das ist sicherlich sehr anstrengend für dich. Wie geht es dir, wenn sie dich anschreit?« Er zuckte nur mit den Achseln.

»Ist es dir egal, dass sie so mit dir spricht? Sicherlich nicht. Du wirst dann wütend, oder? Ich habe gesehen, wie du die Hand zur Faust geballt hast.« Der Junge zuckte kurz zusammen und spielte nervös mit den Fingern. Ich hatte in dem Sessel ihm gegenüber Platz genommen und beobachtete jede seiner Bewegungen. Der Schweiß stand ihm sichtbar auf der Stirn und die Augen wanderten unruhig über den Boden.

»Ich werde nicht wütend. *Er* wird es«, sagte er schließlich leise, fast schon flüsternd. Ich beugte mich ein wenig aus dem Sessel nach vorn. Nun wurde es interessant.

»Er?«, fragte ich und setzte die Spitze meines Stiftes bereits auf das Papier. Silas zuckte wieder zusammen und wandte den Kopf von links nach rechts.

»Ich soll nicht über ihn reden, sagt er. Sie sind böse. Sie dürfen es nicht wissen.« Die zittrige Stimme hatte einen flehenden Unterton. Der Junge wollte nicht, dass ich weiter Fragen stellte. Ich betrachtete ihn, der mit zusammengekniffenen Augen und schmerzverzerrtem Gesicht den Kopf hin und her drehte. Bereits nachdem er die ersten Worte gesagt hatte, war der Fall für mich klar. Ich brauchte keine fünf Minuten für die Diagnose. Seine Mutter hatte unrecht. Ihr Sohn hatte keine Angstattacken, er litt an einer dissoziativen Identitätsstörung.

»Ich verstehe. Du sollst nicht über ihn reden und hast deswegen Angst, er könnte dir etwas antun, wenn du es trotzdem machst, richtig? Darf ich vielleicht mit ihm reden?« Entsetzt sah der Junge mich an. Sein Gesicht wurde kreidebleich und das kurze, braune Haar klebte bereits an der schweißnassen Haut.

»Worüber wollen Sie mit ihm reden?«

»Wäre es denn für euch in Ordnung?«, umging ich seine Frage und sah ihm direkt in die blauen Augen. Mein Gegenüber schluckte. Er kaute auf der Unterlippe, rieb sich den Hinterkopf und willigte schließlich ein.
»Sie müssen aufpassen! Er wird schnell sauer! Bitte verärgern Sie ihn nicht!«

Ich schüttelte den Kopf und beteuerte, dass ich keinerlei Absicht hegte, seine andere Identität zu verstimmen. Silas nickte kurz und wandte dann wieder das Gesicht ab. Ich konnte nur vermuten, was sich gerade in seinem Kopf abspielte. Geduldig wartete ich, bis er soweit war, machte mir nebenbei einige Notizen. Ich hörte einige undefinierbare Geräusche, hob den Blick jedoch nicht vom Papier. Was auch immer gerade vor sich ging, konnte man als eine Art Verwandlung verstehen.

»Du hast keine Ahnung, mit wem du es zu tun hast«, sagte plötzlich eine Stimme. Mein Blick glitt von dem Papier hinüber zu meinem Gesprächspartner. *Er* schlug die Beine übereinander, hob das Kinn und verschränkte die Hände hinter dem Kopf. Fast schon arrogant sah er mir entgegen.

»Guten Tag. Leptin mein Name. Und du bist?«

»Silas passt schon«, antwortete er knapp, ohne den Blick von mir abzuwenden. Nun war er es, der beobachtete.

»Silas? Ihr tragt denselben Namen?« Erstaunt sah ich ihn an. Mein Gegenüber zuckte mit den Achseln.

»Nicht in meiner Welt. *Gabriel* ist der schwächere von uns. Er hört nur außerhalb auf meinen Namen. Aber ich verlange nicht, dass du das verstehst. Also nenn uns, wie du willst.«

»Das bedeutet, Gabriel hat diesen Raum betreten und du bist derjenige, den man Silas nennt. Interessant. Aber was meinst du mit *in deiner Welt?* Inwiefern unterscheidet sie sich von dieser?« Ich notierte mir den Namen des schüchternen Jungen und den seines Alter Egos. Tatsächlich war er mein erster Patient mit mehreren Persönlichkeiten. Die Neugierde brachte meinen Körper innerlich zum Beben.

»Du stellst andere Fragen als die Docs vor dir. Lustig. Wie es in meiner Welt so ist? Da springen Einhörner über die Wiese und Engel singen. Nein, Spaß. Es ist dunkel. Eigentlich ist da nichts. Vollkommene Leere. Nur Gabriels Stimme, seine Gedanken. Dieser Schwachkopf kommt drüben nicht klar. Er wird immer fast verrückt, fürchtet sich vor der Dunkelheit. Deswegen bleibe ich nicht allzu lange hier. Zu laut sind seine Schreie.« Er machte eine Fingerbewegung, als wollte er andeuten, dass Gabriel verrückt sei.

»Und wann wechselt ihr? Verfolgt ihr ein Muster? Wann übernimmst du die Kontrolle?«

»Die Kontrolle übernehme ich, wann immer ich will. Sein Geist ist zu schwach. Er kann mich nicht beherrschen. Gehorcht mir wie ein Hund. Aber wir haben einen Deal. An den muss ich mich halten, wenn ich leben will.«

Aufmerksam beugte ich mich vor. Was meinte er damit?

»Wenn du leben willst? Kann er dich einfach vernichten?«

Silas schüttelte den Kopf. »Nicht mich. Aber uns. So bescheuert es ist, aber ich kontrolliere ihn mit Worten. Manipuliere ihn. Doch wenn der Idiot sich in den Kopf setzt, von einer Klippe zu springen und ich nicht rechtzeitig reagiere, kann das für uns nach hinten losgehen. Deswegen muss ich mich zusammenreißen und darf meinen Gelüsten nicht nachgehen, wenn ich draußen bin.«

»Deinen Gelüsten? Was sind das für welche?«

Silas grinste breit. Dabei offenbarte er eine Reihe blendend weißer Zähne.

»Blut.«

Auf meinen Armen breitete sich eine Gänsehaut aus und meine Nackenhaare stellten sich auf. Doch nicht aus Furcht. Es war Faszination.

Silas war genau die Art Patient, die ich immer wollte. Diese animalische Seite, die im Zaum gehalten werden musste, um Menschenleben zu wahren. Schon während des Studiums hatten mich Serienmörder am meisten angezogen. Ihre Psyche war von unfassbarer Komplexität, fast undurchdringlich.

»Hm. Du hast keine Angst vor mir?« Er legte den Kopf schief, wartete scheinbar auf eine Antwort. »Das erstaunt mich. Ein so weichgespülter Snob wie du wird in seinem ganzen Leben niemals eine Leiche gesehen haben.«

»Du irrst dich«, entgegnete ich ruhig.

»Was?«

»Ich sagte deiner Mutter doch: Niemand in diesem Raum ist normal« Mein Herz raste vor Aufregung

Silas lachte und lehnte sich aus dem Sessel vor.

»So, so. Hat die Alte mich etwa wieder beleidigt? Na ja, eines Tages wird sie sehen, was sie davon hat. Und du bist also auch nicht *normal*? Dieses Wort ist schon sehr verwunderlich. Da hat doch jeder seine eigene Definition, nicht wahr?«

Ich mochte seine Denkweise. Sie ähnelte der meinen sehr.

»Sagen wir, der Tod fasziniert mich, ebenso seine Schöpfer«, sagte ich ruhig und lächelte leicht.

Erstaunt hob er die Augenbrauen und spannte seinen Körper an, sodass die Glieder sichtbar zitterten.

»Seine … Schöpfer? Gefällt mir.« Er grinste breit, während ich mir eine ganz entscheidende Frage stellte.

»Silas, wie alt ist Gabriel?«

»Neunzehn.«

»Und wie alt bist du?« Für einen Moment hatte ich meinen Patienten aus der Fassung gebracht. »Euer Körper und Gabriels Geist mögen das gleiche Alter haben, doch die Art und Weise, wie du auftrittst und dich verhältst, ähnelt eher einer reiferen Person. Seit wann bist du in Gabriels Kopf? Wie waren die Anfänge?« Mir war klar, dass er die Aufmerksamkeit mehr als genoss. Vermutlich würde Gabriel hinter seiner Stirn rasend werden, doch Silas war es, der mich interessierte.

»Nicht schlecht. Interessante Frage. Hm … Als wir geboren wurden, war ich geistig bereits viel weiter als der Schwachkopf. Wie viel weiter, kann ich nicht sagen. Fakt ist, dass ich schon als Kind die Kontrolle übernahm und Gabriel in seine Schranken wies. Während er sich vor allem ängstigte, begann sich mein Hass immer weiter zu entwickeln. Und dann kam die Pubertät.«

»Du warst in der Pubertät?«

Silas schüttelte den Kopf.

»Nein, aber Gabriel. Du kennst das. Die erste große Liebe, Schwarm hier, Weiber da, bla, bla, bla.« Er gab sich keine Mühe, die Abneigung vor mir zu verstecken. »Das Problem war, dass er eine Abfuhr nach der nächsten kassierte. Aber das werden diese Zicken noch bereuen.«

Ich sah, wie in Silas' Augen etwas aufblitzte. Es war nicht notwendig zu fragen, was er dachte. Die Mordlust stand ihm fast schon ins Gesicht geschrieben. Plötzlich kam mir ein Gedanke. Ohne unnötig darüber zu sinnieren, sprach ich es aus.

»Es mag etwas unorthodox sein, doch lass uns doch das Nützliche mit dem Angenehmen verbinden.« Ich hatte seine Aufmerksamkeit. »Du möchtest Rache nehmen und ich dich studieren. Dein Verhalten, deine Denkweise, deine Beziehung zu Gabriel und dem Rest der Welt. Wie wäre es mit einem Abkommen? Einem Deal?«

»Was für ein Deal?«

Ich grinste, er hatte angebissen.

»Du hast freie Hand in deinem Rachefeldzug, mit wenigen Einschränkungen. Ich helfe dir bei der Umsetzung, sofern es notwendig ist. Selbst Gabriel bekomme ich für dich in den Griff. Im Gegenzug hilfst du mir bei meinen Studien.«

»Hm. Interessant.« Er rieb sich das rasierte Kinn. »Welche Einschränkungen?«

»Du folgst meinen Anweisungen und weihst mich in deine Pläne ein, bevor du sie in die Tat umsetzt.«

»Ich soll *deinen* Anweisungen folgen? Denen eines gewöhnlichen Menschen? Ich lasse mir keine Befehle geben!« Plötzlich griff Silas an seinen Stiefel und zog ein Messer hervor. Ehe ich reagieren konnte, hatte er sich auf mich gestürzt, mich in den Sessel gedrückt und hielt mir das Messer an die Kehle.

»Hast du kapiert, Leptin? Niemand kommandiert mich herum. Niemand!«

Ich atmete unter seinem Gewicht schwer, blieb jedoch vollkommen ruhig. Eine derartige Aktion konnte mich nicht aus der Fassung bringen. Ich hielt sein Handgelenk mit dem Messer von mir weg. Mit dem Knie drückte ich gegen seinen Brustkorb, wandte alle Kraft auf und stieß ihn zurück. Silas torkelte rückwärts, ehe er sich sammelte und mit dem Messer erneut auf mich zustürmte. Ohne nachzudenken packte ich die Klinge und stoppte ihn. Wie erstarrt blieb der Angreifer stehen, riss die Augen weit auf und blickte auf das Messer. Es schnitt direkt in meine linke Handfläche.

»Du wirst *mir* gehorchen, Silas. Hast du das verstanden?« Meine Stimme war ruhig, aber bestimmt. »Wenn du dich mir widersetzt, werde ich es sein, der sich vergisst.« Ich schloss die Hand noch fester um die Klinge und drückte zu. Das Blut rann mittlerweile meinen Unterarm hinunter. Ich spürte ei-

19

nen stechenden Schmerz, doch darum konnte ich mich später kümmern. »Silas?!«, schrie ich den jungen Mann an.

Erschrocken zuckte er zusammen, ließ das Messer los und senkte den Kopf.

»Sehr schön. Dann haben wir einen Deal.«

KAPITEL 2

»In Ordnung, Silas. Dann bis zum nächsten Mal.« Ich legte ihm eine Hand auf den Rücken, als ich die Tür zum Warteraum öffnete und ihn seiner Mutter übergab. Tatsächlich hatte Gabriel wieder die Kontrolle und war ebenso unterwürfig, wie vor einer halben Stunde. Mit hängendem Kopf trat er aus dem Büro. Als Frau Hayden auf mich zukam, versteckte ich die dürftig verbundene Hand in meiner Hosentasche.

»Und? Haben Sie Erfolge erzielt? Ihm diesen Teufel ausgetrieben?« Erstaunt sah ich sie an. Wusste sie also doch von seiner gespaltenen Persönlichkeit?

»Frau Hayden, Sie brachten ihn mit Angststörungen zu mir«, erinnerte ich die Frau an ihre eigenen Worte und versuchte mehr in Erfahrung zu bringen.

»Genau! Er sagt immer, er sieht den Teufel! Hat er Ihnen das nicht erzählt? Soll er noch einmal reinkommen?«

Ich schüttelte ruhig den Kopf. Gabriel stand hinter ihr, sah sich die Bilder an der Wand an und beachtete uns gar nicht.

»Nein, für heute war es genug. Machen Sie mit meiner Sekretärin bitte einen Termin aus. Im Idealfall regelmäßige Sitzungen. Wenn Sie es ihm zutrauen, kann er auch gern allein kommen. Eine Therapie macht nur Sinn, wenn wir ungestört reden können.«

Frau Hayden nickte und sah zu meiner Sekretärin Frau Fink. Die Dame war seit einigen Jahren für die Terminkoordinierung meiner Patienten zuständig und beantwortete sämtliche Telefonate. Eigentlich eine fähige Arbeitskraft, wenn da nur nicht der fehlende Anstand wäre. Fast schon regelmäßig platzte sie unangekündigt in meine Gespräche und das zumeist wegen unwichtiger Dinge. Schon seit Längerem hatte ich geplant, sie zu entlassen, doch wer hatte schon Zeit für Vorstellungsgespräche? Sie bemerkte meinen Blick und lächelte mir zuckersüß zu. Ich erwiderte ihr Lächeln anstandsweise, war jedoch froh, als Frau Hayden erneut meine Aufmerksamkeit auf sich zog.

»Denken Sie, dass Sie das hinbekommen? Wir waren bereits bei diversen Psychiatern, aber jedes Mal haben die spätestens nach der dritten Sitzung das Handtuch geworfen.« Mein Blick ging zu Gabriel, der nun scheinbar doch mitgehört hatte und mich ansah.

»Machen Sie sich keine Sorgen. Ich habe alles im Griff.«

Die Frau nickte, verabschiedete sich, und ging dann zum Tresen, um weitere Termine zu vereinbaren. Ich hingegen verschwand wieder in meinem Sprechzimmer und schloss die Tür. Das Blut durchdrang bereits den Verband. Es war dumm gewesen, die Klinge zu umschließen und zuzudrücken. Doch es war notwendig, um Silas' Respekt zu erlangen.

Ich öffnete die Schublade meines Schreibtisches und holte erneut das Verbandszeug hervor. Den verbrauchten Verband entsorgte ich im Mülleimer.

»Das wird eine schöne Narbe abgeben. Aber immerhin ein glatter Schnitt.« Ich wickelte die Mullbinde gerade um die Handfläche, als meine Sekretärin hereinplatzte.

»Herr Gott, Frau Fink! Wie oft habe ich Ihnen schon gesagt, dass Sie anklopfen sollen!«

»Ihr nächster Termin ist da. Soll ich das Mädchen hereinschicken?«, fragte sie emotionslos und schien den Raum zu begutachten. Ich versteckte die Hand so gut es ging vor ihren neugierigen Blicken, ehe ich antwortete.

»Geben Sie mir noch einen Moment.« Die ältere Frau nickte und verschwand wieder. Memo an mich: Sobald es geht, eine neue Sekretärin suchen.

Sorgfältig befestigte ich das Ende der Mullbinde mit einem Stück Fixierpflaster am Rest des Verbandes, damit dieser nicht verrutschte und verstaute die nicht verbrauchten Materialien wieder in der Schublade.

Gerade, als ich zur Tür gehen wollte, fiel mein Blick auf den dunklen Hemdärmel. Zwar trug ich Weinrot, doch bei genauerem Hinsehen erkannte man die Verfärbung durch das Blut. Glücklicherweise war ich auf Flecken jeglicher Art vorbereitet. Ich holte mein Ersatzhemd aus der kleinen Garderobe und entkleidete mich. Als ich das weiße Hemd anziehen wollte, streifte mein Blick im Spiegel, der an der Wand neben der Garderobe hing, die lange Narbe an meiner rechten Rippe. Geistesabwesend strich ich über die Erhebung und erinnerte mich an den dunklen Gürtel mit seiner goldenen Schnalle. Bei dem Gedanken an das Geräusch peitschenden Leders schloss ich die Augen und verzog das Gesicht. So sehr ich diesen Teil meiner Kindheit zu verdrängen versuchte, gehörte er einfach zu mir. Es hatte keinen Sinn, die Misshandlungen zu leugnen. Ohne sie wäre ich heute nicht der erfolgreiche Psychiater, der für seine Patienten da war und immer sein Möglichstes tat.

Und genau als dieser knöpfte ich das Hemd zu, streifte die Weste über und zog die Akte meiner nächsten Patientin hervor. Es war ein sechzehnjähriges Mädchen, sehr hübsch und ausgesprochen schüchtern. Sie war seit einigen Monaten in meiner Behandlung, litt unter furchtbaren Albträumen und zusätzlichem Phantomschmerz. Es war grausam, doch das Schicksal war nicht jedem wohlgesonnen. Niemand konnte wissen, ob sie jemals in der Lage sein würde, einen Mann zu lieben. Ihre Panik vor Berührungen würde es nahezu unmöglich machen, sich anderen zu nähern. Selbst ein einfaches Händeschütteln war zu viel. Doch glücklicherweise war dies auch gar nicht notwendig. Bei ihr musste ich nur eines tun: Zuhören.

Ich drückte die Türklinke hinunter, öffnete die Tür und grüßte meine nächste Patientin.

»Guten Tag, Wenke.«

KAPITEL 3

Der Abend brach an und nachdem auch mein letzter Patient, ein dickbäuchiger Mann mit Brille und einer Zwangsneurose, gegangen war, saß ich eine Zeit lang stumm in meinem Drehstuhl und starrte auf den kleinen Terminkalender.

Frau Fink hatte mir mitgeteilt, dass Silas jeden Dienstag um zehn Uhr zu mir kommen würde. Eine äußerst ungewöhnliche Zeit, wenn man bedachte, dass er Schüler war.

Ich nahm die Notizen unseres Gespräches und las sie erneut durch. Vor meinem geistigen Auge sah ich die beiden Persönlichkeiten und wie unterschiedlich sie waren. Der verstörte Junge und der narzisstische Psychopath. Streng genommen war das Krankheitsbild der dissoziativen Identitätsstörung kein Neuland. Viele Menschen litten unter dieser psychischen Krankheit. Aber Silas unterschied sich von dem herkömmlichen Krankheitsbild durch einen entscheidenden Faktor. Gabriel und er kannten sich. Normalerweise existierten die Persönlichkeiten nebeneinander und wussten nichts von der anderen. Silas jedoch war sich über den schwachen Jungen durchaus im Klaren, mit dem er sich ein Herz teilte. Mehr noch, er unterwarf ihn!

Mein Handy meldete sich. Ich warf einen Blick auf die Nummer und ging ran.

»Sophie, was gibt es?«

»Hi, David. Was machst du gerade?« Ihre süßliche Stimme durchdrang sofort Mark und Knochen.

»Ich bin noch im Büro.«

»Verstehe.« Sie machte eine kurze Pause, ehe sie weitersprach. »Wollen wir uns treffen? Vielleicht bei mir? Ich könnte Gesellschaft gebrauchen.« Sophie Grune war eine angesehene Ärztin des Südstadtklinikums. Für ihre 35 Jahre hatte sie bereits eine beachtliche Laufbahn mit diversen Einsätzen als Ärztin ohne Grenzen vorzuweisen, mit Veröffentlichungen zahlreicher fachärztlicher Abhandlungen und einer Reihe von Auszeichnungen. Nur menschlich war sie ein wenig schwierig. Das war aber für das, was sie vorhatte, kein Problem.

»In Ordnung. Gib mir eine Viertelstunde.«

Sie lachte kurz am anderen Ende der Leitung, ehe ich auflegte. Sophie wohnte in der Kröpeliner Tor Vorstadt. Ich brauchte also nicht einmal das Auto aus dem Parkhaus zu holen, um von meiner Praxis in der Deutschen Med zu ihr zu gelangen.

Ohne Umschweife verstaute ich meine Notizen im Schreibtisch, schloss die Praxis ab und fuhr mit dem Fahrstuhl ins Erdgeschoss. Ein Obdachloser hockte im Foyer des Gebäudes und murmelte undeutliche Worte vor sich hin. Die zerrissene Kleidung und der muffige Geruch bestätigten meine Vermutung seines Standes. Ich zog das Portemonnaie aus meinem Jackett und gab ihm einen Zehneuroschein. Mein Vater war ein grausamer Mann gewesen, doch wenn er mich eines gelehrt hatte, dann war es, dass einige Menschen einfach Pech im Leben hatten. Sie bemühten sich, alles richtig zu machen und scheiterten immer wieder. Vermutlich war der arme Kerl vor mir einer von ihnen. Dankbar nahm er das Geld an sich. Ich verschwand durch die Drehtür nach draußen und ging in Richtung Doberaner Platz.

Es war Donnerstag und der Marktplatz von zahlreichen Wagen zugestellt. Allerdings waren die Händler längst dabei die Reste zu verstauen und einige Stände sogar gänzlich verlassen. Unweit von ihnen saßen einige junge Männer, vermutlich Studenten, die sich über ihren Döner freuten, während eine Frau damit kämpfte, ihre englische Bulldogge zu einem Spaziergang zu bewegen. Das Tier saß auf seinem Hinterteil und schaute völlig unbeeindruckt, während die Rothaarige sich mit ihrem ganzen Gewicht in die Leine legte.

So sehr mich das Schauspiel innerlich amüsierte, hatte ich doch keine Zeit. Sophie war äußerst launisch und im Gegensatz zu mir sehr ungeduldig. Mit großen Schritten näherte ich mich der Budapester Straße, verweilte kurz vor dem angesteuerten Wohngebäude und sah die Fassade hinauf. Sophie wartete bereits am Fenster, winkte mir, als sie mich erblickte.

Oben brannte kaltes Licht. Ich hatte nie verstanden, wie man freiwillig für eine derart kühle Atmosphäre in seiner Wohnung sorgen konnte. Doch Sophie schien es zu mögen.

»Starr nicht wieder auf die Lampen. Du hast sie doch nun schon zigmal gesehen«, meckerte sie, als ich den Blick nicht von der Deckenbeleuchtung abwenden konnte.

»Tut mir leid. Ich werde mich wohl nie daran gewöhnen.«

»Na wie gut, dass wir sie gleich nicht brauchen werden.« Wie immer fackelte sie nicht lange und schlang ihre dünnen Arme und meinen Hals. Ihr Kuss war wild, ungezähmt. Als sie sich wieder löste, nahm sie mein Handgelenk und zog mich ins Schlafzimmer.

Nachdenklich starrte ich an die Decke. Sophie rekelte sich neben mir, während meine Gedanken Bahnen zogen.

»Woran denkst du?«, fragte sie schläfrig und legte ihre Hand auf meine Brust.

»Arbeit.«

»Dein Ernst? Wir machen das hier, um loszulassen und mal nicht an unsere Jobs zu denken!« Sie klang verärgert.

»Entschuldige bitte. Mir geht ein junger Mann einfach nicht aus dem Kopf. Jemanden wie ihn habe ich mir sehnlichst erhofft.« Ich bemerkte ihren schiefen Blick. Sie setzte sich auf mich und starrte zu mir herunter.

»David ernsthaft. Lass mich mit deinen Patienten in Ruhe. Ich will Sex. Dreckigen, hemmungslosen Sex. Wenn mir der Sinn nach einer Fachtagung über Psychologie stünde, dann wäre ich jetzt in einem Hotel in München und würde mit Kollegen fachsimpeln, anstatt nackt in meinem Schlafzimmer auf einem alten Mann zu hocken.«

»Autsch. Alt? Da hat mein Ego einen leichten Riss bekommen. Aber dein Glück, dass es groß genug ist, um diese unangebrachte Bemerkung zu verkraften.« Ich zwinkerte ihr verschmitzt zu. »Außerdem hast du dir diesen reiferen Mann ausgesucht und angebaggert« Als Reaktion auf meine Aussage, zuckte sie nur mit den Schultern.

»Tja, es heißt doch immer, auf alten Schiffen lernt man segeln?« Sie grinste frech und tippte auf meine Brust. Ich setzte mich auf, packte sie und warf Sophie auf den Rücken.

»Ganz genau. Und jetzt zeige ich dir wie«, flüsterte ich ihr ins Ohr und verschwand mit dem Kopf unter der Bettdecke.

KAPITEL 4

Ich wusste nicht, wie spät es war, als ich Sophies Wohnung verlassen hatte und in meine eigene zurückgekehrt war. Wir übernachteten niemals beieinander. Das war eine eiserne Regel, die mir sehr gelegen kam. Eine unnötig belastende Beziehung mit einer störrischen Frau wie ihr passte mir gar nicht.

Als der Morgen dann anbrach und ich ausgiebig geduscht hatte, setzte ich mich an den Laptop und checkte die eingegangenen Mails. Mein Postfach war stets aufgeräumt. Keine einzige Werbemail erreichte mich, sofern ich es nicht wollte. Jede unwichtige Nachricht wurde sofort gelöscht. Unordnung war eine Schwäche und eindeutig wider meine Natur. Das spiegelten nicht nur die aufgeräumte Wohnung und Praxis, sondern auch meine Notizbücher.

Es befanden sich insgesamt acht neue Nachrichten in meinem Webordner. Zu meiner Überraschung war mir einer der Absender unbekannt. Ich öffnete diese zuerst und riss die Augen auf. Ein Schock fuhr mir durch Mark und Knochen, als ich die Botschaft las.

31

>Hey Doc! Der Deal gilt, richtig? Halte Gabriel im Zaum. Es kann sein, dass er bei der nächsten Sitzung etwas verstört ist. Also... mehr als sonst. Ich werde jagen gehen, meine Gier stillen, Bedürfnisse befriedigen und so.
Bis dann! S<

Es war nicht notwendig zu hinterfragen, woher er meine Mailadresse hatte. Sie war über das Internet frei zugänglich und wurde häufig von potenziellen Patienten genutzt, um den ersten Kontakt aufzunehmen. Viel mehr wunderte ich mich über die Eile, die Silas zu haben schien. Unser Gespräch war nicht einmal 24 Stunden her und er ließ seinen Worten bereits Taten folgen. Oder deutete es zumindest an. Kurz packten mich Zweifel. War es zu früh? Ich hatte noch kein Gespräch mit seiner schwächeren Hälfte führen können, um ihn auf das Kommende vorzubereiten. Sagte er deswegen, ich solle auf Gabriel achten?

Tausende Fragen schwirrten durch meinen Kopf.

»Dieser Idiot!« Fluchend schlug ich mit der Faust auf den Tisch. Ein unachtsamer Moment konnte alles kaputtmachen. Ich hatte mich auf die bevorstehende Zeit gefreut und er gab sich einfach seinen Launen hin! Das ging so nicht! Ich musste etwas tun, ehe er alles zerstörte, bevor es überhaupt begonnen hatte.

Ich griff nach meinem Mobiltelefon und wählte die Nummer meiner Arztpraxis.

»Frau Fink? Guten Morgen, Dr. Leptin hier. Können Sie mir bitte die Adresse von Frau Hayden geben?«

»Oh, schon wach? Sie schlafen doch sonst immer so lange? Geht es Ihnen nicht gut?«, fragte sie mit besorgter Stimme.

Ich ärgerte mich wie so oft über die alte Frau. Sie hatte keine Ahnung von meinen Gewohnheiten und schien fast schon absichtlich meiner Frage auszuweichen.

»Die Adresse, Frau Fink.«

»Ja, ja. Moment doch. Also sie wohnt im Kurt-Schumacher-Ring. Ist etwas passiert? Sie machen doch sonst keine Hausbesuche?«

»Ihr Sohn hat gestern sein Handy in meinem Büro vergessen. Ich bringe es ihm vorbei, ehe ich in die Praxis komme. Lassen Sie Frau Ruwolt bitte im Warteraum Platz nehmen, sollte ich es nicht rechtzeitig schaffen.«

Ich legte auf und stürmte aus der Wohnung. Ich trat das Gaspedal meines Autos durch und fuhr die Hauptstraße, vorbei am Speicher, entlang. Die Straße, in welcher Silas und seine Mutter lebten, war mir bekannt, sodass ich keine Navigation benötigte und mir wildes Suchen ersparen konnte. Doch der Verkehr spielte gegen mich. Gefühlt jede Ampel schaltete auf Rot, als ich mich ihr näherte. Nervös trommelte ich mit den Fingern auf dem Lenkrad, bis die Bahn wieder freigegeben wurde. Jede Sekunde zählte! Würde Silas überhaupt noch zu Hause sein? Was war sein Beuteschema?

Würde er die Alten und Schwachen bevorzugen, um sich aufzuwärmen? Oder gar Kinder?

Ich parkte den Wagen am Straßenrand, stellte den Warnblinker ein und lief zur Haustür. Hamann, Rössel, Dost, Schmidt, Hayden! Mein Finger drückte den Knopf bis zum Anschlag und löste sich dann wieder. Ungeduldig trat ich einige Schritte zurück und spähte hinauf. An den Fenstern war niemand zu sehen. Erneut betätigte ich die Klingel, ließ es diesmal sekundenlang läuten. Ein Surren ertönte und die Tür wurde geöffnet. Immer zwei Stufen auf einmal nehmend, eilte ich die Treppe hinauf und suchte die Namensschilder nach meinem Patienten ab. In der zweiten Etage stand eine Tür einen Spalt breit offen. Meine Füße taten unvermittelt keinen weiteren Schritt. Was würde mich erwarten?

Ich atmete tief durch und ging dann in die Wohnung hinein. Ein spärlich eingerichteter Flur, bestehend aus einer billigen Kommode und einem schmalen Spiegelschrank luden mich wenig dazu ein, weiter durch die Wohnung zu ziehen. Andere hätten in die Stille hineingerufen, um sich anzukündigen, doch das war gar nicht nötig. Mit einem lauten Knarren fiel die Haustür hinter mir ins Schloss.

»Hi Doc.« Silas grinste mich an. In den Händen hielt er das Messer, mit welchem er mich angegriffen hatte.

»Was hast du getan Silas?« Mein Blick haftete auf dem Blut, das von der Klinge tropfte. Er führte den Stahl an die Lippen und leckte mit der Zunge über die tiefrote Flüssigkeit.

»Etwas, das ich schon längst hätte tun sollen.«

Wortlos wandte ich mich von ihm ab, ging weiter durch die Wohnung und sah in die Zimmer. Nichts. Langsam betrat ich die Küche und blieb abrupt stehen. Ein schmatzendes Geräusch zog meine Aufmerksamkeit auf sich. Es waren meine Schuhe, die in einer Lache von frischem Blut standen. Die rote Spur führte bis auf den Balkon, wo Frau Hayden in einer unnatürlichen Pose an die Wand gelehnt saß.

»Du hast ja keine Ahnung was für ein befreiendes Gefühl das ist! Diese Nervensäge hatte uns schon viel zu lange erniedrigt. Gabriel wollte nicht, dass ich ihr etwas antue. Aber ihre Augen … Sie haben mir ihre Abneigung ganz deutlich gezeigt. Na ja. Das hat sie jetzt davon.« Silas kratzte sich mit dem Messer am Hinterkopf. Dass das Blut dabei in seine dunklen Haare geschmiert wurde, schien ihn gar nicht zu stören.

Ohne ein Wort näherte ich mich der Leiche. Die braunen Locken klebten an ihrem Kopf, die weit aufgerissenen Augen starrten ins Leere. Mein Blick fiel auf den Unterarm der Frau. Er war ebenso blutverschmiert, wie ihre geöffnete Kehle.

»Oh ja! Das muss ich dir zeigen!« Der junge Mann stürmte neben mich, riss sein T-Shirt etwas hoch und wischte damit am Unterarm seiner getöteten Mutter herum. Erst, als fast das gesamte Blut von seinem Oberteil aufgesogen war, ging er wieder etwas zurück und betrachtete sein Werk.

»Kannst du es lesen? Ich weiß, ich habe eine Sauklaue. Aber schreib du mal mit einem Messer!« Silas deutete aufgeregt auf die ins Fleisch geritzten Worte. Er wirkte vollkommen überdreht. Als hätte man ihm Drogen verabreicht, die ihn zum geschwätzigsten Menschen in ganz Dierkow machten.

»Was willst du mit der Leiche machen?« Meine Stimme war ruhig. Seine kindische Art erforderte eine gewisse Strenge, um ihn wieder in die von mir gewollte Bahn zu schieben.

»Keine Ahnung. Ich dachte, wir lassen sie hier? Kommt doch eh keiner gucken.« Er zuckte nur mit den Schultern und wischte das Messer am Hosenbein der Leiche ab.

»Ein Körper beginnt zu riechen, wenn der Verwesungsprozess einsetzt. Du solltest sie vergraben. Oder irgendwo hinbringen, wo sie nicht gefunden wird.«

»*Ich*? Das kannst schön du machen!« Er legte die Stirn in Falten und deutete mit der Klinge auf mich. Ich schüttelte nur den Kopf.

»Nein. Du hast nicht nachgedacht. Trage die Konsequenzen dafür. Und noch etwas. Melde dich erst wieder bei mir, wenn du dich einigermaßen im Griff hast. Ein mordlustiges Kind bringt mir nichts.« Ich stand auf und wandte mich zum Gehen, als plötzlich ein Gewicht mein Bein festhielt. Silas klammerte an meinem Oberschenkel und hatte das Gesicht in der Hose vergraben. Nein, es war Gabriel.

»Bitte helfen Sie mir! Ich kann das nicht! Ich kann Mama nicht so sehen!« Behutsam legte ich eine Hand auf seinen Kopf und strich sanft über das Haar.

»Gabriel, es gibt Dinge im Leben, die man lernen muss. Und heute solltet ihr beide eine ganz entscheidende Lektion lernen.« Ich packte seinen Hinterkopf und schlug ihn gegen die Wand. »Verarscht mich nie wieder!« Ich funkelte den am Boden kauernden und winselnden jungen Mann wütend an.

Ohne zurückzusehen, trat ich vom Balkon in die Küche.

»Wir haben einen Deal und daran hast du dich zu halten! Nein! Ihr beide!« Mit diesen Worten verließ ich die Wohnung und überließ sie sich selbst.

KAPITEL 5

Frau Ruwolt kämpfte wie so oft mit ihren inneren Dämonen. Die abgemagerte Frau zupfte immer wieder nervös an dem viel zu weiten Pullover und strich die glatten blonden Haare hinter ihr Ohr. Zu meinem Frust war sie rückfällig geworden. Ich hatte sie das letzte Mal im vorangegangenen Quartal gesehen und zu dieser Zeit war sie sogar in der Lage gewesen etwas zu essen. Doch die Magersucht hatte sich wieder in den Kopf der jungen Frau geschlichen und ihr einen falschen Spiegel vorgehalten hatte. Normalerweise hätte ich ihr ins Gewissen geredet, sie ermuntert, sich wieder aufzuraffen. Doch in meinem Bauch befand sich eine unsagbare Wut, die raus wollte. Es kostete mich einiges an Überwindung, Silvia Ruwolt nicht über den Mund zu fahren und ihre verkorkste Welt zu vernichten.

»Ich verstehe nicht, was ich noch tun soll! Ich esse nur ein winziges Stück Apfel und nehme sofort zu! Die Leute sehen mich an, als könnte ich sie mit einer einfachen Berührung zerquetschen!«

»Herrgott, Mädchen! Du bist nicht fett! Du bist ein verdammter Strich in der Landschaft und hast einfach nur eine psychische Barriere, die dir einredet, dass jedes Gramm nicht vorhandenen Fettes an deinem Körper dich in die Adipositas treibt!« Meine innere Stimme schrie so laut, dass ich kurz die Augen schloss und den Kopf zur Seite legte.

»Ähm … Dr. Leptin? Geht es Ihnen nicht gut?« Die Stimme der Patientin ließ mich sie wieder fixieren.

»Ja, keine Sorge. Es ist alles in Ordnung. Allerdings beunruhigt mich Ihr Rückfall. Wann hat es angefangen?«

Sie sah zu Boden, das Kinn begann zu zittern und dann brach sie in Tränen aus.

»Ruben hat eine andere! Ich habe es die ganze Zeit geahnt! Aber als ich letzten Monat vor seiner Tür auf ihn gewartet hatte, kam er mit so einem superschlanken Mädel daher!«

Ich seufzte leise. Die Mädchen heutzutage waren so zerbrechlich. So einfach zu manipulieren. Dass Frau Ruwolt mit ihren vierundzwanzig Jahren derart leicht aus dem Konzept gebracht werden konnte, sprach nicht gerade für meine Therapie. Doch der beste Arzt brachte nichts, wenn der Patient nicht wollte.

Ich stand auf, ging zu meiner Patientin und hockte mich vor sie.

»Sie sind eine so starke Frau, kämpfen seit Jahren mit Ihrem eigenen Körper und haben niemals aufgegeben. Da wird ein solcher Idiot von Mann Ihr Kämpferherz doch nicht brechen können! Richtig?«

Ich reichte ihr ein Taschentuch. Sie antwortete nicht, nahm es an sich und schnaubte hinein.

»Frau Ruwolt, ich möchte, dass Sie wieder regelmäßiger vorbeischauen. Zumindest solange, bis wir das Gröbste überstanden haben. Wäre das möglich?«

Sie nickte und schluchzte laut.

»Sehr schön. Dann schlage ich vor, dass Sie Ihren Gefühlen jetzt noch weiter freien Lauf lassen und sobald Sie sich bereit fühlen, gehen Sie heim, setzen sich auf die Couch und schaufeln eine Packung Eiscreme in sich hinein.«

Entsetzt sah sie auf.

»Oder einen Apfel.« Ich zwinkerte ihr zu. Sie verstand den Scherz und lächelte verlegen. Während die junge Frau sich langsam wieder fing, saß ich an meinem Schreibtisch und notierte mir die Erkenntnisse der Sitzung. Es war frustrierend den Rückschritt niederzuschreiben. Die Tatsache, dass mein Füllfederhalter ihn mir Blau auf Weiß aufzeigte, machte ihn real. Unabweisbar.

Ich war schon immer ehrgeizig gewesen. Schon als Junge wollte ich Großes erreichen. Doch mein aggressiver Vater hatte mich daran gehindert, mein Potenzial zu entfalten. Lediglich meine Mutter glaubte damals an ihren Sohn. Ich lernte akribisch, half sogar meiner jüngeren Schwester dabei, die Schule zu meistern. Doch auf Anerkennung brauchten wir nicht zu hoffen. Ganz im Gegenteil. Ich begriff schon bald, dass mein Vater die Vorstellung hasste, ich könnte etwas Besseres als er werden. Kein einfacher Bauer, der den ganzen Tag auf dem Feld verbrachte und sich die Finger wund arbeitete. Er bestrafte mich für meinen Fleiß und Daria für ihr ständiges Geweine. Jedes Mal, wenn er den Gürtel geöffnet und das breite Leder aus den Schlaufen seiner Hose gezogen hatte, war mir der Schweiß kalt den Rücken hinuntergelaufen.

Das peitschende Geräusch von Leder, das auf Haut trifft, hallte bei dem Gedanken in meinen Ohren nach und ließ mich zusammenfahren. Es war furchtbar gewesen, wie er uns, wie er sie behandelt hatte. Meine arme Schwester. Wenn ich stark genug gewesen wäre, hätte ich ihn aufhalten können, dann hätte Daria nicht …

»Dr. Leptin? Ich würde dann jetzt gehen.«
Meine Patientin war aufgestanden und hatte sich bereits ihre weite Jacke über den Pullover gezogen.

»Natürlich. Ich geleite Sie hinaus.« Ich öffnete die Tür zum Wartezimmer und verabschiedete die junge Frau. Meine Sekretärin lächelte ihr noch einmal gespielt freundlich zu, als sie die Praxis verließ. Wie konnte man nur so falsch sein?

»Ist alles in Ordnung Dr. Leptin? Sie weinen ja!«

Erschrocken fuhr ich mit dem Handrücken über meine Wange. Tatsächlich war die Haut leicht befeuchtet.

»Es ist nichts. Ich möchte bis zu meinem nächsten Termin nicht gestört werden. Haben Sie das verstanden?«

Frau Fink sah mich erstaunt an, nickte dann jedoch.

»Gut.« Ich verschwand wieder in mein Büro, lehnte mich mit dem Rücken gegen die Wand und schloss die Augen. Es ärgerte mich, dass man mich so sah. Ich hatte schon einmal Schwäche gezeigt und würde es mein ganzes Leben lang bereuen. Eine weitere Träne rann unkontrolliert mein Gesicht hinab.

»Oh, Daria …«

KAPITEL 6

Es war mitten in der Nacht, als ich aus meinem unruhigen Schlaf erwachte. Die Erinnerung an meine scheußliche Kindheit hatte mich bereits den ganzen Abend geplagt und sollte auch meine Träume bestimmen. Ich hasste diesen Teil von mir, doch ohne ihn wäre ich nicht der geworden, der ich war.

Nur mit Unterhose bekleidet stand ich auf und ging in die Küche. Der Rest der offenen Milchpackung half dabei, meine ausgedörrte Kehle zu befeuchten. Ich leerte sie in einem Zug und warf den Karton zusammengefaltet weg. Mein Blick glitt aus dem Fenster auf die leer gefegte Straße. Würde Silas es schaffen, die Leiche zu entsorgen? Er war sicherlich nicht dumm, doch mangelte es dem jungen Mann an Erfahrung. Hätte ich ihm doch helfen sollen?

Ein junges Pärchen tauchte unweit der parkenden Autos auf. Engumschlungen blieben die beiden stehen und begannen zu knutschen. Emotionslos sah ich zu ihnen hinunter. Es mochte an meiner Kindheit liegen, doch hatte ich nichts für Beziehungen übrig. Sich an einen Menschen zu binden, erschien mir so banal und leichtsinnig, dass es fast schon verwerflich war. Bemerkten sie etwa nicht, wie abhängig sie sich machten? Wie verwundbar? Die menschliche Psyche war unergründlich und wenn es um Liebe ging, vollkommen unlogisch. Personen brachten sich um, weil ihre Gefühle nicht erwidert wurden. Wer konnte etwas so Wertvolles wie das Leben, dieses eine Leben das man hatte, einfach wegwerfen? Ich würde mich niemals binden. Nicht aus Liebe. Das stand für mich fest.

Etwas entfernt brummte mein Handy. Ich ging ins Wohnzimmer und nahm das Mobiltelefon in die Hand.

>Ich habe es erledigt. Können wir reden? Ich brauche Sie! Bitte! -Gabriel<

Erstaunt sah ich auf das Display. Es wunderte mich nicht, dass er meine Nummer hatte. Frau Fink gab sie all meinen Patienten für Notfälle. Doch die Tatsache, dass Gabriel den Namen nutzte, den sein Alter Ego ihm gegeben hatte, verblüffte mich. Soweit hatte Silas ihn also gebracht. Gabriel hatte seine eigene Identität seiner bösen Seite überlassen und eine andere, ihm gegebene akzeptiert.

>Wann?<

>Jetzt? Sie sind noch wach, ich kann vorbeikommen, wenn das ok wäre?<

Für einen Moment dachte ich nach. Wollte ich, dass ein Psychopath wie Silas meine Adresse kannte? Wusste ich, ob er jemals auf dumme Gedanken kommen und mich als sein nächstes Ziel auswählen würde?

>Vor dem KTC. Beeile dich.<

Ich ging ins Schlafzimmer und zog ein beiges Sweatshirt an, dazu eine enge Jeans. Es kam selten vor, dass man mich ohne Anzug sah, doch für diesen Zweck reichte es, leger gekleidet zu sein.

Etwa eine Viertelstunde später stand ich vor dem bereits geschlossenen Kröpeliner Tor Center und wartete auf meine Verabredung.

»David?«, ertönte eine mir bekannte Stimme. Es war Sophie, die nur wenige Meter von mir entfernt stand.

»Was machst du denn mitten in der Nacht hier? «

»Ich … warte auf jemanden. Und du?«

»Ich bin auf dem Weg nach Hause. War noch mit einigen Freunden in einer Bar auf einen Absacker. Dabei habe ich komplett die Zeit vergessen. Du triffst jemanden? Um diese Zeit? Es ist … halb zwei!«

Ich nickte nur. Sie hätte sich keinen ungünstigeren Augenblick aussuchen können, um mir zu begegnen. Just in diesem Moment trat ein junger Mann mit dunklen Haaren zu uns.

»Guten Abend.«, sagte er mit einem breiten Grinsen auf den Lippen. Verwirrt sah Sophie zwischen uns hin und her.

»Na ja, ich geh' dann mal. Melde dich, ja?« Sie zwinkerte mir verheißungsvoll zu und entfernte sich, während ich die Hand zum Abschied hob. Der Typ neben mir grinste weiterhin und legte den Kopf schief.

»Denk nicht einmal daran«, ermahnte ich ihn mir ruhiger, aber bestimmter Stimme.

Sein Blick wanderte in meine Richtung.

»Also, du hast es getan? Sie ist weg?«

»Na klar! Sonst wäre ich ja nicht hier. Aber mal ernsthaft! Musste das mit der Wand sein? Mein Schädel brummt, als hätte man ihn zwischen Beton und Presslufthammer gehalten!«

Ich antwortete ihm nicht. Wer nicht hören will, muss fühlen. Das hatte selbst mein Vater immer gepredigt.

»Ich will es wieder tun. Heute Nacht.«

Entsetzt sah ich ihn an. War das sein Ernst? Silas zitterte am ganzen Leib vor Aufregung. Seine Hände waren zu Fäusten geballt und die Zähne bissen auf die Unterlippe. Es war falsch seine Mordlust zu fördern, aber ich war neugierig.

»An wen hast du gedacht?«

»Hm. Ehrlich gesagt an die Mädchen, die Gabriel damals zurückgewiesen haben.«

»Es überrascht mich, dass du Rache für ihn nehmen willst. Ich hätte dir derartige Empathie nicht zugetraut.«

»Rache? So ein Blödsinn interessiert mich nicht! Es ist einfach das perfekte Motiv! Sie haben ihn ohne zu zögern abblitzen lassen! Stell dir vor wie sie gucken, wenn der armselige Junge, den sie weggestoßen haben, sie plötzlich vollkommen im Griff hat und massakriert!« Seine Augen funkelten vor Freude.

Ich schluckte. Der Gedanke war tatsächlich mehr als verlockend. Ihr Winseln um Gnade, die Ausreden und Versuche, ihren Peiniger umzustimmen.

»Schön.«

Nun war es Silas, der mich mit großen Augen ansah. »Wirklich? Einfach so?«

»Natürlich. Aber kannst du ohne Weiteres ein Menschenleben auslöschen? Das mit deiner Mutter war etwas sehr Persönliches. Die hatte dich gereizt. Jahrelang. Diese Mädchen dagegen sind eine ganz andere Nummer. Beweise mir erst, dass du keinen Rückzieher machen wirst, wenn es hart auf hart kommt.«

Silas lachte. »Nichts lieber als das! Pass auf!«

Er ging die Kröpeliner Straße entlang und sah in die Seitengassen. Ich folgte ihm in einiger Entfernung. Erst, als eine junge Frau aus dem Tunnel neben der Touristeninformation hervortrat, beschleunigte er seine Schritte. Zunächst ging er an ihr vorbei, drehte sich dann jedoch zu ihr um.

»Entschuldige bitte? Ich wollte nur wissen, ob du mir sagen kannst …« Er ging mit jedem Schritt näher an sie heran und rieb sich verlegen den Hinterkopf » … wo der Weg zur Hölle ist?!«

Ohne Vorwarnung stach er der Brünetten mit dem Messer in den Bauch. Geräuschvoll sackte sie zu Boden. Sofort bildete sich um sie herum eine Lache aus Blut. Silas wischte in aller Ruhe das Messer an ihrem Mantel ab und verstaute es dann wieder in seinem Stiefel.

Ich betrachtete den am Boden liegenden Körper. Die Frau atmete noch flach. Als Arzt wäre es meine Pflicht gewesen, ihr zu helfen, die Blutung zu stoppen. Doch wollte ich das?

Ich hockte mich vor sie und betrachtete ihr Gesicht. Die vollen Lippen formten einen stummen Hilferuf, während sich Tränen in den braunen Augen sammelten, die mir panisch entgegenstarrten. Aufmerksam verfolgte ich, wie sie langsam aber sicher ins Leere zu sehen schienen. Erst, als ihr Körper vollkommen erschlafft war, richtete ich mich wieder auf. Es war eine aufregende Erfahrung, einen Menschen sterben zu sehen. Das hatte ich schon als Kind so empfunden und es beruhigte mich, dass sich mein Wissensdurst und die Faszination am Tod im Laufe der Jahre nicht gemindert hatten.

»Und? Test bestanden?«

»In der Tat. Sehr beeindruckend.«

»Beeindruckend? Mit dir stimmt aber auch etwas nicht, was Doc? Scheint wohl zu stimmen – Psychologie studiert man, um sich selbst zu heilen, wie?« Silas warf mir einen schiefen Blick zu. »Dich scheint das ja richtig anzumachen Doc.« Er amüsierte sich sichtlich. »Hast du gesehen, wie raffiniert ich die Schlampe ausgetrickst habe? Zu dumm, dass sie einem

Fremden helfen wollte. Das Einzige, was sie jetzt noch kann, ist als Anschauungsmaterial für Medizinstudenten zu dienen.« Er lachte dreckig

»Hör auf zu reden. Wir haben zu tun.«

KAPITEL 7

Silas war wieder heimgekehrt, nachdem wir vereinbart hatten, dass er seine nächsten Opfer selbst aussuchen sollte. Wir würden die Vorgehensweise gemeinsam besprechen, wenn es so weit war. Bis dahin musste ich in unseren wöchentlichen Sitzungen Gabriel bearbeiten und von unserem Vorhaben überzeugen. Der Gedanke an den Plan ließ mein Herz schneller schlagen. Doch noch viel intensivere Gefühle löste die Erinnerung an seine vorangegangene Tat aus. Ohne zu zögern hatte er sie erstochen. Sich gleich eines Tieres an sein Opfer herangepirscht, es kurz ablenkt und unbarmherzig zugeschlagen. Allein das Zusehen hatte meine Muskeln verkrampfen lassen. Es waren lebendige Erinnerungen, die mich in dem Moment überkamen, als das Blut von seinem Messer auf den Boden tropfte. Diese Genugtuung, die Silas dabei erfüllte, hatte auch ich verspürt. Damals, als ich das erste Mal für Gerechtigkeit gesorgt hatte.

Ich setzte mich im Schlafzimmer auf mein Bett und griff nach dem dünnen Notizbuch, das sich in der Nachttischschublade befand. Voller Euphorie beschrieb ich Silas' Tat und was sie in mir ausgelöst hatte, dieses Kribbeln im Bauch, das Zucken in den Fingern, die Ruhelosigkeit meines Geistes.

Der Stift glitt mühelos über das Papier und schrieb wie von selbst jedes noch so kleine Detail nieder, als geschehe die Tat direkt vor meinem Bett. Die aus dem Gesicht weichende Farbe und die leeren Augen, die starr durch mich hindurchsahen. Es war genau, wie vor dreißig Jahren!

Auch damals hatte ich einen Menschen sterben sehen. Während andere erschrocken herbeieilten und ihm helfen wollten, stand ich einfach davor und starrte den im Dreck liegenden Mann an. Die blutüberströmte Klinge der Sense neben ihm perfektionierte das Bild. Der Tod hatte zugeschlagen und sein liebstes Werkzeug genutzt. Zu dieser Zeit war mein Kopf vollkommen leer. Die Dorfbewohner schrien mich an, schüttelten mich. Doch mein Körper hatte sich in einem tranceähnlichen Zustand befunden, während mein Geist voller Begeisterung das Geschehene wieder und wieder hatte Revue passieren lassen.

Am heutigen Abend war es anders gewesen. Ich hatte meine Glieder ganz deutlich gespürt. Hatte bemerkt, wie sich meine Muskeln anspannten und ich eine Gänsehaut bekam. Wie konnte man von einem sterbenden Menschen nicht gefesselt sein?

Jahre, gar Jahrzehnte lang quälten Menschen sich durch Krankheiten, Leid und Unglück, um letzten Endes jämmerlich zugrunde zu gehen. Silas verstand mich in dieser Sicht, dessen war ich mir sicher. Er genoss es, seinen Opfern beim

Ableben zuzusehen, ihnen auf perfide Weise dabei zu helfen. Erst wenn man einen Menschen sterben gesehen hatte, wurde einem bewusst, wie wertvoll das Leben war! Weshalb man auf sich selbst und seinen Lebensstil achten sollte. Das war etwas, was ich früh begriffen hatte. Meine Mutter hatte mich schon immer als altklug bezeichnet, einige andere als hochbegabt und meiner Zeit voraus. Doch folgte ich einfach meinen Instinkten, tat, wonach mir war. Und alles, um den Durst, der mich stets verfolgte, zu stillen. Aber ich hatte nicht geahnt, dass dieser Durst nicht durch Nahrung oder Wissen befriedigt werden konnte, sondern nur durch den Tod. Bis zu jenem Tag.

KAPITEL 8

Es war Samstag, der 29.08.1981, als meine kleine Welt innerhalb weniger Sekunden in gleißendes Licht getaucht und mein Leben verändert worden war.

Mein Vater, der als Bauer in einem kleinen Dorf außerhalb von Rostock jeden Tag auf den Feldern arbeitete, zwang mich als heranwachsenden Jungen ebenfalls mitzuarbeiten. Seiner Überzeugung nach würde ich so lernen, dass man für sein Geld etwas tun musste und es deswegen niemals leichtfertig ausgeben sollte. Noch immer höre ich seine raue Stimme in meinen Ohren.

»Verdammt, David! Selbst Daria wäre schneller als du! Spuck in die Hände und sieh zu, dass du fertig wirst! Wir haben nicht den ganzen Tag Zeit!«

Missmutig verzog ich das Gesicht und stocherte in der Erde herum. Ehe ich reagieren konnte, war er direkt neben mir, packte mich am Kragen und zog daran, bis ich aufrecht stand.

»Elender Bengel!« Seine Faust traf mich mitten im Gesicht.

Vater hatte schon lange aufgehört, die flache Hand zu nehmen. Kaum, dass ich zehn geworden war, hatte er keine Rücksicht mehr genommen.

Das war zwei Jahre her und mittlerweile konnte ich den Schmerz halbwegs ertragen.

»Niemand verschont einen Mann auf der Straße! Also überlebe, wenn dir etwas an deinem Leben liegt!«, brüllte er und schlug erneut zu.

Am Boden kauernd, stellte ich langsam einen Fuß nach dem anderen auf. Noch ehe ich richtig stand, trat er mir in den Hintern, sodass mein Gesicht im Matsch landete.

»Sieh zu, habe ich gesagt!«

An diesem heißen Tag, an dem andere Kinder gemeinsam spielten oder das Wetter genossen, schuftete ich als kleiner Junge auf dem Acker und mähte Heu. Unsere Familie hatte kein Geld, weswegen wir uns keine Maschine leisten konnten. Alles wurde per Hand geerntet.

Es war bereits später Nachmittag, als mein Vater sich wiederholt über die Knochenarbeit beschwerte.

»Kopf hoch! Denk immer daran, dass Frau und Kinder zu Hause warten!«, sagte einer der anderen Männer, die meinem Vater regelmäßig halfen.

Mein Vater winkte nur unbeeindruckt ab. Als ob ihn das interessieren würde.

»Wie heißt deine Kleine noch gleich?«

»Daria«, sagte er und arbeitete weiter.

Ich fluchte innerlich. Er war es nicht wert, ihren Namen auszusprechen. Nicht, nachdem er ihr *das* angetan hatte!

»Ach genau! Daria! Und der da ist doch dein Sohn, oder? Wie alt sind die beiden?«

Mein Vater warf mir einen abwertenden Blick zu. Ich bemerkte ihn, reagierte jedoch nicht.

»Daria ist sechs. David zwölf.«

»Sag ihren Namen nicht!«, fauchte ich leise, kaum hörbar.

Der andere unterbrach seine Arbeit und wischte sich den Schweiß von der roten Stirn.

»Schon sechs, ja? Sie werden so schnell groß. Aber toll, dass ihr so gut zusammenarbeitet. Du und dein Sohn.« Er suchte Blickkontakt, doch ich mied ihn. Dieser Mann hatte absolut keine Ahnung von unserer Familie!

»Es braucht nur eine strenge Hand, um die Bälger im Griff zu haben.« Vater sprach aus voller Überzeugung und lehnte sich auf den Stil seiner Sense, während er redete.

Jedes seiner Wörter hallte in meinem Kopf wider. Ein unaufhörliches Echo aus Lügenmärchen und Verharmlosungen.

So gut es ging ignorierte ich das Gespräch der Männer, bis wir endlich heimgingen. Wir waren gerade auf dem Hof angekommen, als mein Vater sich umdrehte und mich anstarrte.

»Dein dämliches Schweigen geht mir verdammt auf den Geist! Es ist nun schon vier Tage her! Wenn du dich nicht langsam wieder einkriegst, wird es dir wie Daria ergehen!«

Ich zuckte zusammen und sah zu Boden. Die Bilder in meinem Kopf spiegelten die Erinnerung wie hinter verschwommenen Schleiern.

»Aus dir wird sowieso nichts. Genauso wenig, wie aus deiner Hurentochter von Schwester!«, sagte er und wandte sich wieder um.

In meinem Kopf schrie ich aus voller Inbrunst. Die Wut im Bauch, das rauschende Blut im Ohr, die verkrampfte Hand an der Sense. Mein Körper bebte. Daria hatte das nicht verdient. Sie war erst sechs und konnte sich nicht wehren. Er hatte ihre Schwäche ausgenutzt und nun zog er über sie her, als wäre sie ein Haufen Dreck. Er verdiente uns nicht! Er verdiente sie nicht!

Mit wildem Geschrei stürmte ich auf meinen Vater zu. Die Sense schwingend, wie ich es immer auf den Feldern tat, schlug ich ihm die Klinge mit all meiner Kraft in die rechte Körperhälfte. Das Metall durchtrennte seinen Arm und blieb zwischen den Rippen stecken. Unter lautem Stöhnen sackte Vater zusammen. Langsam schritt ich um den am Boden liegenden Mann herum, bis ich sein Gesicht sah. Die sonst so hasserfüllten Augen starrten mich flehend an, seine Finger griffen nach meinem Fuß.

»David … mein … Sohn …«, hauchte er. Unbeeindruckt sah ich auf ihn hinab. Hinter mir öffnete sich die Haustür und meine Mutter stürmte heraus. Wie schon in den vergangenen Tagen, war ihr Gesicht vom vielen Weinen gerötet und die Augen geschwollen. Ich nahm wahr, wie sie sich zu meinem Vater beugte, ihm durch das am Kopf klebende Haar strich, anschließend verwirrt zwischen uns beiden hin- und her sah. Dann schrie sie laut um Hilfe. Die Nachbarn eilten herbei, versuchten, die Blutung zu stoppen, einer hielt entgeistert und mit kreidebleichem Gesicht den abgetrennten Unterarm, ehe er ohnmächtig wurde. Alle waren panisch, schrien einander an.

Nur ich war ganz ruhig geblieben. Hatte die frische Luft ein und wieder ausgeatmet. Die frische, reine, friedvolle Luft, und mich an der von meinen Schultern abfallenden Last erfreut. Die Welt würde ihn nicht vermissen, diesen Tyrann von Vater. Ebenso wenig wie ich.

KAPITEL 9

Die Erinnerung an meinen ersten Mord bescherte mir eine Gänsehaut. Jahrelang hatte ich den Tod meines Vaters herbeigesehnt. Niemals hatte ich gewollt, dass meine Schwester durch Vaters Taten die Hölle auf Erden durchlebt. Für Daria hatte ich seinem Dasein ein Ende setzen müssen. Es war ein Akt der Gerechtigkeit. Dieses Gefühl von Macht war unbeschreiblich gewesen. Ich allein hatte ihn in die Hölle überführt.

So musste auch Silas sich fühlen. Eines Gottes gleich über das Leben und den Tod zu bestimmen, war unvergleichbar. Wer konnte einem Serienmörder verübeln, diese Erfahrung immer wieder aufs Neue machen zu wollen? Wer einmal lustvoll getötet hatte, wurde in diesen Bann aus Gier und moralischen Bedenken gezogen. Er wollte wieder jagen, doch die Gesellschaft redete ihm ein, dass es falsch sei. Aber wieso? Schon früher hatte ich mir die Frage gestellt, warum es falsch war, Menschen zu töten. Die Neandertaler waren barbarisch, die Wikinger waren es, einige Völker auf der Welt sind es noch immer. Weshalb also schränkte man uns in diesem instinktiven Tun ein?

Meine Gedanken prasselten wie ein Hagelsturm in meinen Kopf und verhinderten, dass ich Schlaf fand. Immer wieder ging mein Blick in Richtung Handy. Wann würde es aufleuchten? Wann der nächste Mensch das Zeitliche segnen? Wie ein kleines Kind, das nervös darauf wartete, dass es Weihnachten wurde, wälzte ich mich im Bett hin und her. In meinem Kopf tauchte immer wieder die junge Frau auf, die Silas erstochen hatte. Mein Körper krampfte und ich streckte die Glieder bis zum Anschlag durch. Diese Anspannung war unerträglich. Ich wollte wieder aktiv werden, es selbst tun! Viel zu lange schon hatte ich mich hinter meinem Schreibtisch verkrochen und stillgehalten. Hatte meine Triebe ignoriert und Bedürfnisse unterdrückt! Jetzt bekam ich die Rechnung dafür. Als ich es nicht mehr aushielt, stand ich auf, ging raschen Schrittes in die Küche und zog das breite Messer aus dem massiven Holzblock. Mein Gesicht spiegelte sich in der gewetzten Klinge. Meine funkelnden, weit aufgerissenen braunen Augen starrten mir entgegen.

»Tu es!«, befahl meine innere Stimme in einem zischenden Ton. Ich benetzte meine Lippen mit der Zunge und schluckte hungrig. Das Messer glitt langsam über die verschorfte Handfläche und öffnete die Wunde erneut. Ein brennender Schmerz durchfuhr meinen Körper, ließ mein Herz rasen. Der rote Saft rann sofort über die Haut und am Gelenk hinunter, ehe er zu Boden tropfte. Ich hob die Hand über meinen Kopf und ließ Blut über das Gesicht laufen. Der warme Lebenssaft lief meine Stirn hinab, kreuzte das Nasenbein und setzte seinen Weg unterhalb des linken Auges fort. Mein Atem ging schwer und die Hand pochte. Etwas sagte mir, dass ich die Blutung stoppen und die Wunde wieder verbinden sollte, doch die Sehnsucht war zu groß.

Ich erinnerte mich daran, wie das Blut in mein Gesicht gespritzt war, als ich dem jungen Studenten die Kehle aufgeschlitzt hatte, der sich an einem kleinen Mädchen vergehen wollte. Es war der zweite Gerechtigkeitsakt. Eine Notwehr, um diese Welt von allem Bösen zu befreien. Besondere Situationen erforderten besondere Maßnahmen. In meinem Fall wurde Fehlverhalten mit Mord bestraft. Und ich bereute gar nichts.

Ich begann zu wanken und stütze mich mit der unverletzten Hand am Tresen ab. Unter mir waren die Fliesen durch das frische Blut bereits spiegelglatt und boten wenig Halt. Mein Körper signalisierte mir, dass der Blutverlust zu massiv war. Auf wackeligen Beinen torkelte ich ins Bad und holte den Erste-Hilfe-Kasten aus dem Unterschrank. Um nicht umzukippen, setzte ich mich auf den Fußboden, während ich die Blutung stoppte. Mein Arm spannte bereits von dem langsam trocknenden Blut und die Handfläche brannte nach wie vor, doch das störte mich wenig. An die Heizung gelehnt, mit rot gefärbten Füßen und einem ebenso besudelten Gesicht, schlief ich endlich ein. Ruhig und vollends befriedigt. Zumindest vorerst.

KAPITEL 10

Es war eine Woche vergangen, seitdem ich Silas morden gesehen hatte. Er schrieb mir gelegentliche E-Mails, beschrieb mir seine Fantasien und was seine Gedanken mit Gabriel machten. Doch bei all der Euphorie, die ich verspürte, kam ich nicht umhin, auch die Empfindungen der schwächeren Hälfte meines Patienten zu bedenken. Gabriel würde meine mentale Unterstützung brauchen, wenn Silas sich weiter austoben wollte, das war mir bewusst.

Ich blätterte in meinen Unterlagen zu meinem Sonderfall, als es klopfte. Verwundert darüber, dass Frau Fink plötzlich Manieren entwickelte, stand ich auf und ging zur Tür. Zu meiner Überraschung stand dort ein Mann, etwa Mitte dreißig, mit braunen Haaren und blauen Augen.

»Guten Tag, sind Sie Dr. Leptin?« Er sah mich aus müden Augen an. Ich warf einen kurzen Blick in Richtung Tresen. Meine alte Sekretärin war nicht an ihrem Platz.

»Ja, der bin ich. Wie kann ich Ihnen helfen?«

»Ich glaube, ich brauche Hilfe ...« Es fiel ihm sichtlich schwer, zu reden. Ich warf einen Blick auf meine Uhr, es war noch eine Viertelstunde, bis Gabriel kommen würde.

»Bitte, treten Sie ein.« Der Mann ging in mein Büro und nahm auf einem der Sessel Platz, die ich ihm anbot.

»Danke. Nun, wo fange ich an?«

»Die meisten meiner Patienten wählen ihre Namen.« Ich schenkte ihm ein sanftes Lächeln. Er erwiderte es und kratzte sich verlegen am Kopf.

»Natürlich. Entschuldigen Sie bitte. Mein Name ist Markus. Caspari.« Ich notierte mir seinen Namen.

»Wie kann ich Ihnen helfen, Herr Caspari?«

»Verzeihen Sie. Sie haben sicherlich Termine. Ich sollte vielleicht ein andermal kommen. Ich brauche bestimmt ein Rezept oder so was.« Er schüttelte den Kopf, als wundere er sich über sich selbst und stand auf.

»Nun haben Sie schon diesen schwierigen Weg auf sich genommen und sitzen hier. Nutzen wir die Gelegenheit doch einfach. Um den Papierkram können wir uns immer noch kümmern.«

Er verharrte in seiner Bewegung und starrte mich an. Ich nickte nur und deutete wieder auf den Sessel. Schweigend setzte er sich.

»Na schön. Wissen Sie, es fällt mir sehr schwer, darüber zu reden. Es geht um meinen Sohn ... Er ist 2016 gestorben.«

»Das tut mir leid«, sagte ich ruhig, fast schon routiniert. Das war der Nachteil meines Berufes. Man stumpfte mit der Zeit ab. Ganz im Gegensatz zu meinem Besucher. Tränen

sammelten sich in seinen Augen. Ich studierte Herrn Caspa-
ris Mimik. Beobachtete das zitternde Kinn, die tiefen Au-
genringe und die schlaffe Körperhaltung.

»Ich weiß, zwei Jahre. Es ist eine lange Zeit. Ich sollte
längst darüber hinweg sein.«

»So etwas verkraftet man nicht. Niemals.« Ich machte mir
zu dem neuen Patienten Notizen. Als ich aufsah, starrten
seine blauen Augen mich hinter einem glasigen Schleier an.

»Wahrscheinlich haben Sie recht. Was mache ich mir eigentlich vor.«

»Verstehen Sie mich bitte nicht falsch. Sie werden lernen,
mit dem Kummer umzugehen. Damit zu leben. Nur, über
den Verlust hinwegkommen werden Sie niemals. Dieser Teil
Ihrer Seele wurde abgespalten und wird immer fehlen.«

»Wie kann ich damit leb... Entschuldigung.« Sein Handy
klingelte und er sah auf das Display.

»Die Arbeit. Darf ich?«

Ich gab ihm zu verstehen, dass es kein Problem war und
wandte mich meinem Block zu.

»Caspari? ... Ja? ... In Ordnung ... Mehr nicht? ... Ist Kommissarin Küster bereits am Tatort? ... In Ordnung, ich mache mich auf den Weg. Geben Sie mir zehn Minuten. Bis
dann.« Er legte auf. Ich spürte, wie meine Hand krampfte
und leicht zu zittern begann.

»Entschuldigen Sie bitte. Ich muss los. Aber wenn es in Ordnung wäre, würde ich noch einmal kommen. Ginge das?«

Ich bemühte mich, ruhig zu bleiben, und atmete kurz durch.

»Natürlich. Vereinbaren Sie einfach einen Termin mit meiner Sekretärin.«

Der Mann stand auf und reichte mir die Hand. Ich hielt sie einen Moment zu lange fest und stellte die Frage, die durch meinen Kopf geisterte.

»Entschuldigen Sie bitte, Herr Caspari. Ich kam nicht drum herum das Gespräch mitzuhören. Sie arbeiten bei der Polizei?«

»Ja. Hier in Rostock.«
»Interessant. Ich hatte noch niemals einen Polizisten als Patienten. Welcher Dienstgrad?«

»Ich bin Kommissar.«

»Verstehe. Nun, dann will ich Sie nicht weiter aufhalten. Bis hoffentlich bald, Kommissar Caspari«, sagte ich und mühte mir ein Lächeln ab. Er erwiderte es schwach, ehe er das Büro verließ. Angespannt blieb ich wie angewurzelt stehen. Was sollte ich davon halten, dass jemand von der Polizei mich in Zeiten wie diesen aufsuchte? Zwar waren es private Belange, doch würde er irgendwann eine Verbindung herstellen können?

Es dauerte keine drei Minuten, ehe es erneut an der Tür klopfte. Gabriel trat vorsichtig ein. Ich versuchte mir nichts anmerken zu lassen und lächelte ihm freundlich zu.

»Schön, dass du da bist. Setzen wir uns. Ich denke, dir liegt eine Menge auf dem Herzen.«

Wortlos nahm er Platz, genau dort, wo eben noch Kommissar Caspari gesessen hatte. Der Junge mir gegenüber wirkte nervös, doch Silas hatte mir bereits geschrieben, dass seine andere Hälfte Probleme mit der Situation hatte. Small Talk brachte an dieser Stelle nichts.

»Gabriel, wie geht es dir im Moment?« Ich beäugte den jungen Mann mit strengem Blick. Er zitterte am ganzen Leib, antwortete nicht, wich meinem Blick aus.

»Du musst mit mir reden. Nur dann kann ich dir auch helfen.«

Er zuckte mit den Achseln. Plötzlich verzog er schmerzverzerrt das Gesicht und hielt sich die Ohren zu. Es dauerte keine zwei Sekunden, ehe ich realisierte, was da gerade vor sich ging. Silas griff ein.

»Silas! Hör auf!« Meine Stimme erhob sich und der Griff um meinen Füller wurde verstärkt. Gabriel schrie auf, wandte sich hin und her, ehe er ruhig in den Sessel sank. Sein Atem ging schwer.

»Danke ...« sagte er leise und zog die Beine an die Brust.

»Redest du jetzt mit mir?«

Er nickte. Ich ließ dem Jungen einige Sekunden, um nachzudenken. Dann fand er endlich die richtigen Worte.

»Ich habe Angst.« Ich nickte nur. Das hatte ich mir bereits gedacht. Das plötzliche Handeln seines Alter Egos war zu viel für den sensiblen jungen Mann gewesen.

»Er hat komische Gedanken. Es sterben Leute. Immer und immer wieder. Und jedes Mal nutzt er Opas Messer.«

»Das Messer eures Großvaters?«, hakte ich nach. Gabriel nickte und zog erneut die scharfe Klinge aus dem Stiefel, ehe er weitersprach. Mein Körper verspannte sich, als die Erinnerung an seinen Angriff in der ersten Sitzung in meinen Kopf stieg. Doch das war Silas gewesen, nicht der unschuldige Junge vor mir.

»Opa ist früher mit uns jagen gegangen. Ich mochte es nicht. Die armen Tiere haben uns nichts getan. Sie konnten sich nicht einmal wehren. Außerdem kann ich kein Blut sehen. Aber Opa zwang mich, nannte mich ein Weichei oder ein Mädchen. Ich sollte sie ausweiden und das Fell abziehen.« Bei dem Gedanken daran schüttelte er sich.

»Und hast du es getan?« Die Antwort darauf wusste ich bereits, doch es wäre unklug gewesen, seinen Redefluss abbrechen zu lassen.

»Silas hat dann immer übernommen. Es hatte ihm ... Spaß gemacht. Manchmal hatte er seine blutigen Hände abgeleckt und gestöhnt. In unserem Kopf herrschte in solchen Situationen das reinste Chaos. Wirre Gedanken, Schreie und eine ganze Menge weißer Augen.«

Mit jedem Wort schlug mein Herz schneller. Ich wusste genau, was Gabriel beschrieb und Silas fühlte. Mir ging es genauso.

»Und wann hat er angefangen, sich von Tieren abzuwenden? Wann traten Menschen in sein Fadenkreuz?«
Der Junge hob nur die Schultern. Diese entscheidende Information konnte er mir nicht geben, doch Silas würde es. Er hatte mir zwar verraten, dass er Mädchen umbringen wollte, doch der einzige Beweggrund war wahrscheinlich Lust. Aber wann hatte es angefangen? Er sprach davon, dass er bereits vor seiner Mutter Leichen gesehen hatte. Gabriel konnte mir in dieser Hinsicht nicht helfen, also wechselte ich das Thema.

»Silas sagte mir, dass er sich die Mädchen als Opfer ausgesucht hatte, die dich nicht wollten. Wie fühlst du dich damit?«

»Ich bin nicht sicher. Es ist falsch. Man darf keine Menschen umbringen.«

»Er hat eure Mutter getötet. Was hast du dabei empfunden?«

Der Junge wich meinem Blick aus und kaute nervös an einem seiner Fingernägel.

»Du kannst ganz frei reden«, erinnerte ich ihn und wartete geduldig.

»Ich ... war erleichtert. Ich weiß, dass ich es nicht sein sollte. Sie hat mich aufgezogen, mich unterstützt, war für mich da. Dank ihr habe ich eine Ausbildung gefunden und kann Geld verdienen.«

»Du hast eine Ausbildung? Wo machst du sie?«

»Bei der örtlichen Polizei. Seit etwa einem halben Jahr.«

Erstaunt sah ich ihn an. Ein Junge, der kein Blut sehen konnte und in dessen Innerem ein Psychopath hauste, arbeitete bei der Polizei. Was konnte es Merkwürdigeres geben? In Anbetracht der vorherigen Begegnung begann mein Hirn angestrengt zu grübeln. War das gut? Oder eher das Schlimmste, was uns passieren konnte?

»Ich weiß, diese Sitzungen sollten deine Ruhezone sein. Ein Ort, an dem du ganz du selbst sein kannst, ohne dass Silas übernimmt. Aber ich muss dringend mit ihm reden. Wäre das für dich in Ordnung?«

Noch bevor er antworten konnte, verzog der junge Mann angespannt das Gesicht und sah zur Seite. Die Finger gruben sich in die Armlehnen und jeder Muskel seines Körpers schien sich anzuspannen. Ich beobachtete den Prozess des

Wechsels, ohne auch nur ein Wort zu sagen. Erst als mich sein Alter Ego angrinste und mit der Zunge über die trockenen Lippen fuhr, sprach ich weiter.

»Ich hätte gern gewartet, bis Gabriel seine Zustimmung gibt. Du weißt, was wir ausgemacht hatten. Hier hat er die Kontrolle über euren Körper. Warte nächstes Mal.«

»Ach komm schon, Hendrik. Du wolltest mit mir reden. Das lasse ich mir doch nicht zweimal sagen!« Ich atmete hörbar aus. Silas hatte erst vor Kurzem begonnen mich bei meinem Zweitnamen zu nennen. Er begründete es damit, dass er sich so nicht allein fühlte. David war für ihn der nette Psychiater von nebenan, während Hendrik meine dunkle Seite darstellte, die alles für seine Studien tun würde. Wie es bei Gabriel und ihm der Fall war. Sollte er machen, was er wollte. Es gab Wichtigeres.

»Du hast nie erzählt, dass du bei der Polizei ein- und ausgehst.«

»Du hast auch nie gefragt.«

»Das ändert alles! Hast du, als ihr hergekommen seid, jemanden aus meiner Praxis gehen sehen? Etwa Mitte dreißig, groß, dunkle Haare?« Silas schüttelte den Kopf.

»Gut. Er ist Kommissar. Keine Sorge, er war aus privaten Gründen hier. Aber was, wenn er dir auf die Schliche kommt?«

»Hm. Tatsächlich arbeiten sie bereits daran.«

»Was sagst du da?«

Silas hob unschuldig die Hände.

»Sie haben die Frau vor dem Rostocker Hof gefunden. Du weißt schon, als ich dir beweisen sollte, dass ich *dazu* in der Lage bin. War auch nicht besonders schwierig, oder? Ich meine, sie lag da einfach so rum.« Er grinste mir entgegen. Allein die Erinnerung schien sein Blut in Wallung zu bringen.

Ich hob die Hand ans Kinn und dachte nach. Er hatte recht. Wir hatten uns keine große Mühe gegeben, die Spuren zu beseitigen. Das durfte nie wieder passieren.

»Wenn du weitermachen willst, müssen wir die Sache anders angehen. Wie gut kennst du deine zukünftigen Opfer?«

»Es reicht für die Namen und das Aussehen. Den Rest kriege ich leicht über das Internet raus.«

»Über das Internet? Verstehe. Du meinst diese Netzwerke. Gut. Wir müssen vorsichtiger sein. Du köderst sie. Verwickle sie erst in ein Gespräch, schickt euch Fotos, damit du ganz sicher bist, dass sie es sind. Dann bringst du sie dazu, dass sie einen Brief schreiben.«

»Einen Brief? Verdammt, es gibt doch SMS.« Verständnislos sah er mich an. Dieser dumme Junge konnte meinen Gedanken nicht folgen.

»Wir lassen es wie Selbstmord aussehen. Ein Brief wird alle glauben lassen, dass es aus freiem Willen geschehen ist. Das bedeutet auch, kein Ausweiden mehr!«

Silas verzog enttäuscht das Gesicht und spielte wieder mit dem Messer in den Händen. Ich nahm sein Schweigen als Einverständnis und spann den Plan weiter.

»Wir machen es so: Sobald du ein Opfer hast, gibst du mir Bescheid. Ich besorge dir K.-o.-Tropfen. Du machst sie bewusstlos, sieh dabei zu, dass sie dich nicht kratzen oder dergleichen!«

»Ach komm schon! Wo bleib da der Spaß?«

»Tu, was ich sage, wenn du nicht morgen schon hinter Gittern sitzen willst! Sobald sie bewusstlos sind, kannst du mit den Opfern machen, was du willst. Zum Schluss wirfst du sie von einem der Dächer. Sie werden durch den Aufprall sterben. Es wird wie ein normaler Suizid aussehen. Und jetzt kommt der wichtige Teil.«

Silas beugte sich vor und ließ das Messer zwischen seinen Fingerspitzen pendeln, während er mich aus wachen Augen ansah.

»Inwieweit hast du Zugriff auf die Fallakten?«

»Ich kann in alle einsehen.«

Ich nickte und lächelte leicht.

»Gut. Dann behalte den Ermittlungsstand im Auge. Erstatte mir Bericht, sobald die Polizisten neue Erkenntnisse erlangen. Erst recht, wenn sie in unsere Richtung ermitteln. Wir besprechen dann das weitere Vorgehen.«

Silas grinste breit. Ihm gefiel mein Vorschlag sichtlich. Ebenso die Vorstellung, dass er im Lager des Feindes spionieren sollte, weil er direkt an der Quelle saß. Auch ich fand den Plan gut. Fast schon raffiniert.

Silas stand auf, streckte sich und kratzte mit der Klinge des Messers seinen Hinterkopf.

»War's das?« Erwartungsvoll sah er mich an, während er das Messer wieder in seinem Stiefel verstaute.

»Eine Sache noch. Behalte Kommissar Caspari im Auge. Er kann für uns wichtig werden.« Ich legte dem jungen Mann eine Hand auf die Schulter und lächelte ihm zu. Dieses Spiel würde interessanter werden, als ich es mir jemals erträumt hatte.

»Wichtig? Ich verstehe. Du willst ihn ausnutzen.«

»Genau. Wir werden die Polizei selbst als Alibi nutzen, sodass wir weitestgehend aus der Schusslinie geraten. Niemand wird unseren Spuren folgen können, wenn wir uns genaustens an den Plan halten. Und nun geh und infiltriere den Feind, wie es die Griechen mit Troja getan haben.« Ich nahm die Hand wieder von seiner Schulter. Er lächelte und ging an mir vorbei. Ich hörte, wie Silas die Tür hinter sich schloss, während mein Blick auf die Kreuzung am Vögenteich fiel. Es ging los. Mein trojanisches Pferd würde das Polizeirevier in den Wahnsinn treiben und meine Hände waren es, die die Fäden hinter all dem zogen. Also dann: Lasset die Spiele beginnen!

KAPITEL 11

Rostock, 12.09.2018

»David? Na endlich! Ich habe schon die ganze Zeit versucht dich zu erreichen! Wo steckst du?« Elena klang aufgeregt, fast schon panisch. Der Arzt hatte ihr gesagt, dass sie sich schonen und jeglichen Stress vermeiden sollte, um ihrem stark strapazierten Körper die Ruhe zu gönnen, die er so dringend benötigte. Der Kampf mit Silas Hayden hatte seinen Tribut gefordert, wie sie mir am Nachmittag im Krankenhaus berichtete. Normalerweise ritzte der Psychopath seinen Opfern immer Wörter in den Arm, während diese betäubt waren. Doch Elena ertrug es bei vollem Bewusstsein und vermutlich unter unvorstellbaren Schmerzen. Umso beachtlicher war es gewesen, dass sie unter massivem Blutverlust Rostocks Peiniger überleben und sogar töten konnte.

»Ich bin noch unterwegs, wieso? Ist etwas passiert?«

»Ja, komm bitte so schnell es geht ins Krankenhaus! Ich muss dir unbedingt etwas zeigen!« Ich warf einen Blick auf die Uhr. Es war mitten in der Nacht und die Besuchszeiten waren längst vorbei.

»Elena, sie werden mich nicht reinlassen. Was ist denn los?«

»Mia! Sie wurde entführt! Ich habe ein Video geschickt bekommen, in dem sie in einem fremden Bett liegt und neben ihr ein mir unbekannter Mann! Ich leite es dir sofort weiter!« Sie schrie fast schon in das Telefon.

Mir stockte der Atem. Wortlos starrte ich auf Silas' Grabstein. Das Handy vibrierte und kündigte die eingehende Nachricht an. Ich spielte das Video ab. Es war genau, wie Elena es gesagt hatte. Zu sehen war ein kleines Mädchen, ihre jüngste Tochter, schlafend in einem Bett und unmittelbar vor der Kamera ein fremder Mann, der sein Glied umfasste und sich neben sie legte.

Ich führte den Hörer wieder ans Ohr und bemühte mich ruhig zu klingen, als ich das Gespräch wieder aufnahm.

»Bist du sicher, dass es Mia ist? Dass sie weg ist?«

»Was ist das für eine Frage! Denkst du, ich erkenne meine eigenes Kindt nicht?«

»Hast du deinen Ex-Mann schon angerufen?«

»Nein, noch nicht. Warte, ich rufe dich gleich wieder an!« Elena legte auf. Ich sah ein letztes Mal auf den massiven Grabstein, ehe ich mich vom Friedhof entfernte und in meinen Audi stieg. Gerade, als ich losfuhr, meldete die Freisprecheinrichtung den eingehenden Anruf.

»Du hattest recht. Mia schläft friedlich in ihrem Bett. Aber von wann stammt dann das Video?«

»Wird am Rand ein Datum oder dergleichen angezeigt? Oder hast du eine Vermutung, wer der Mann sein könnte? Und Elena, sieh dir bitte noch einmal ganz genau das Kind an. Ist das wirklich Mia? Es ist dort sehr dunkel und das Gesicht kaum erkennbar.«

Für einen Moment war es still.

»Ich kann es nicht mit Sicherheit sagen. Am besten gebe ich das Video morgen den Kollegen und die sollen sich das mal ansehen.«

»Du meinst Kommissar Caspari?«

»Nein! Nicht Markus! Lass mich mit dem Typen bloß in Ruhe!«

Sie war wütend. Ich wusste bereits von Markus Caspari, dass Elena momentan nicht gut auf ihn zu sprechen war. Nur den Grund dafür hatte er nicht gesagt. Sie würde es mir sicherlich erzählen, wenn die Zeit dafür gekommen war.

»Immerhin weißt du jetzt, dass Mia in Sicherheit ist. Versuche noch etwas zu schlafen. Ich schaue morgen wieder bei dir vorbei. In Ordnung? Gute Nacht.« Ich legte auf und fuhr heim.

Auf der Couch sitzend, mit einem Glas Wein in der Hand, ließ ich die Geschehnisse der letzten Wochen Revue passieren. Silas hatte unzählige Mädchen getötet, sich regelrecht ausgetobt und war irgendwann an Mala, Elenas älteste Tochter geraten. Seine Faszination für sie hatte er mir in unseren Sitzungen mitgeteilt, doch war die Leine, die ich ihm angelegt hatte, zu diesem Zeitpunkt bereits gerissen, wie ich später feststellen musste. Silas brachte Mala nicht um, wie er es üblicherweise tat. Er spielte mit ihr, folterte sie und ließ ein nervliches Wrack zurück, dessen Leben vermutlich zerstört war. Und nun sah die Polizistin ihre zweite Tochter in Gefahr. Bei dem Gedanken an die vierjährige Mia, sah ich mir das Video erneut an. Der Fokus lag auf dem Mann. Das Glas war fast leer, als es mir wie Schuppen von den Augen fiel. Das Tattoo auf dem Handgelenk. Es kam mir bekannt vor und nun wusste ich auch woher. Mit einem Zug stürzte ich den Rest des Traubensaftes meine Kehle hinunter, warf das Handy auf das Sofa und starrte an die Decke. Schon bei Silas hatte ich etwas Entscheidendes übersehen und ihn gewaltig unterschätzt. Sollte es mir bereits zwei Mal passiert sein? Gab es so viele Monster in meiner unmittelbaren Umgebung, die ich nicht gebändigt hatte?

Ein lautes Klirren ertönte, als das Glas in meiner Hand zerbrach. Die Scherben schnitten mir in die Handfläche, direkt neben die lange Narbe.

»Verdammt.« Ich ging ins Bad und entfernte die Splitter mithilfe einer Pinzette. Als ich fertig war, sah ich in den Spiegel. In meinen Augen blitzte Wut, doch es war zu spät, um noch einmal loszufahren. Ich musste bis zum kommenden

77

Tag warten, ehe ich den Mann aus dem Video zur Rede stellen konnte. Und reden wäre das Mindeste, was ich mit dem Typen anstellen würde, der es wagte, ein Kind anzufassen.

KAPITEL 12

Das laute Brummen des Handys auf meinem Couchtisch riss mich aus dem Schlaf. Ich fühlte mich elendig. Aus Wut hatte ich tatsächlich die ganze Flasche Wein allein geleert und bekam nun die Rechnung dafür. Es fühlte sich an, als würde ein Pelz auf meiner Zunge liegen, als ich den Anruf entgegennahm und mich auf das Sofa fallen ließ.

»Leptin?«

»David? Bist du zu Hause?«

»Elena? Ja, bin ich. Wieso?« Ich rieb mir die Stirn. Wann hatte ich das letzte Mal derartige Kopfschmerzen gehabt?

»Machst du die Tür bitte auf?« Sie klang ungeduldig, doch mein Kopf war noch nicht soweit.

»Tür?«

»Ja! Die Haustür! Ich stehe bereits seit zehn Minuten davor und klingle Sturm.«

Wortlos erhob ich mich von der Couch und betätigte die Türanlage. Ein Surren ertönte und wenig später hörte ich Schritte im Treppenhaus. Noch bevor die Kommissarin meine Wohnung erreichte, öffnete ich die Wohnungstür und empfing sie.

»Um Himmelswillen! Was ist denn mit dir passiert?« Sie zupfte an dem Hemd vom Vortag, das ich nach wie vor trug und halb aufgeknöpft war.

»Ich ... ähm ...«

Sie wartete keine Antwort ab, sondern begann sofort wie ein Wasserfall zu reden.

»Verdammt, ich werde bald verrückt! Auch wenn Mia in Sicherheit ist, macht mich dieses Video fertig!«

Ich knöpfte das Hemd zu und folge ihr, wie sie wie ein aufgescheuchtes Huhn durch die Wohnung rannte.

»Was machst du überhaupt hier? Solltest du nicht in der Klinik liegen?«

»Ich habe letzte Nacht kein Auge zugetan und mich heute sofort selbst entlassen. Egal, wer der Mann ist, ich muss ihn finden!«

Als mein Gehirn langsam wieder zu arbeiten begann, fiel mir der Gedanke der vergangenen Nacht ein. Ich hatte eine Antwort für Elena, doch es war zu früh, um ihr alles zu erklären. Außerdem wollte ich erst selbst Gewissheit haben, ehe ich ihn verurteilte.

»Ich fahre gleich aufs Revier. Kommst du mit?«

»Ich bin Psychiater und kein Polizist«, antwortete ich emotionslos, ohne sie anzusehen. Ich brauchte dringend ein Aspirin.

»Aber du bist doch so etwas wie mein persönlicher Berater.« Sie griff mit ihren Händen nach meinem Hemd und zog mich an sich. Ich war nicht in der Stimmung für Zärtlichkeiten und wandte mich ab.

»Ich habe Termine. Fahr bitte allein.«

»Was ist denn los?« Sie sah mich mit einem sorgenvollen Blick an. Ich schüttelte den Kopf und ging in die Küche. Der Kühlschrank hielt eine eiskalte Flasche mit Mineralwasser für mich bereit, die ich gierig hinunterstürzte.

»Entschuldige bitte. Es geht mir nicht besonders gut. Lass uns später reden, ok?«, sagte ich ruhig, als sie im Türrahmen erschien.

Elena nickte nur und ging dann. Ich war zu verkatert und aufgewühlt, als dass ich mich in diesem Moment mit ihr befassen konnte. Erst recht nicht, wenn sie derartigen Stimmungsschwankungen unterlag.

Nachdem ich ausgiebig geduscht und meine Zähne geputzt hatte, rief ich Frau Fink an und bat sie darum, alle Vormittagstermine abzusagen. Es gab etwas, das ich tun musste, ehe jemand anderes mir zuvorkam.

Es dauerte zwanzig Minuten, bis ich durch den morgendlichen Verkehr gekommen und die Südstadtklinik erreicht hatte. Die Dame am Empfang teilte mir die Zimmernummer mit und erklärte mir den Weg, ehe ich durch das Labyrinth an Gängen wanderte. Als ich vor der Tür stand, schlug mir das Herz bis zum Hals. Es würde all meine Selbstbeherrschung verlangen, das rote Tuch von meinen Augen zu entfernen. Ich klopfte kurz und trat dann ein.

»Guten Morgen, Kommissar Klingenberg.«

KAPITEL 13

Caius Klingenberg, der in einem Nachthemd im Bett lag und an mehrere Geräte angeschlossen war, nickte nur, als er mich sah und legte das Magazin beiseite, das er in den Händen hielt. Ich hatte den jungen Kommissar bisher immer nur flüchtig auf dem Polizeirevier gesehen, wenn ich Elena besuchte. Dort hingegen strotze er nur so vor Selbstbewusstsein und Eitelkeit, während er in dem Krankenhausbett fast schon erbärmlich wirkte. Markus Caspari hatte mir zwar gesagt, dass Elenas Partner im Fall Silas schwer verwundet mitten auf der Straße gefunden und ins Krankenhaus gebracht wurde, doch wer hätte gedacht, dass er sich so gehen lassen würde. Das blonde Haar war ungekämmt, die blauen Augen von einem paar dunkler Ringe umrahmt und rasiert war er ebenfalls nicht. Ich sah mich kurz im Raum um. Die restlichen Betten waren leer. Ein drittes fehlte.

»Der hat eine Untersuchung«, antwortete der Polizist, als er meinen Blick bemerkte. »Hm. Ich glaube ich kenne Sie. Sind Sie nicht der Psychiater von einem der Suizidopfer? Auf jeden Fall waren Sie schon auf dem Polizeirevier. Bei Kommissar Caspari, glaube ich.«

»Sie kennen mich? Schön. Dann kann ich mir die Höflichkeiten ja sparen und gleich zur Sache kommen.«

Er sah mich fragend an, als ich mit raschen Schritten näherkam und das Smartphone aus meiner Jackettasche zog. Die Tatsache, dass wir ungestört waren, kam mir sehr gelegen.

»Wie reagieren Ihre Kollegen wohl, wenn sie von Ihrer sehr speziellen Vorliebe erfahren?«

»Wovon zum Teufel reden Sie?«

Die Reaktion war wie erwartet, weshalb ich das Handydisplay unmittelbar vor seine Nase hielt und das Video abspielte.

»Und was soll mir das sagen?«

»Verkaufen Sie mich nicht für dumm, Kommissar Klingenberg! Dieser Mann, das sind Sie!«

Entsetzt sah er mich an und schüttelte wild den Kopf. Meine Geduld war an diesem Tag nicht gerade auf ihrem Höhepunkt. Ich steckte das Handy in die Gesäßtasche und packte den Polizisten am Handgelenk. Ich drückte so fest zu, dass er aufschrie, während ich mit der anderen Hand den Verband löste, der an seinen Unterarm angebracht war.

»Erklären Sie mir das!« Ich deutete auf das Tattoo an seinem Handgelenk. Es war blutverschmiert und stark gerötet, doch bei genauerem Hinsehen war es eindeutig zu erkennen. Das Motiv war mir bereits bei unserer ersten Begegnung ins Auge gesprungen. Damals war es jedoch unversehrt gewesen.

»Was soll damit sein? Das ist eine verdammte Jugend-sünde!«

Ich rollte genervt mit den Augen und spielte das Video er-neut ab, stoppte, als man die Zeichnung am Handgelenk deutlich erkennen konnte und zeigte sie ihm.

»Das kann nicht ... Und Sie denken, ich bin das? Ticken Sie noch ganz richtig?!« Die Geräte, an welche er angeschlossen war, piepten laut, als er sich aufregte.

»Dann erklären Sie mir, wie es sich um einen Zufall han-deln kann!« Ich hielt meine Wut im Griff, doch meine Hand-flächen litten unter den krampfhaft zusammengedrückten Fingern.

»Das ist ein dummes Gang-Tattoo. Nichts weiter. Das könnte jeder haben. Ich bin das jedenfalls nicht.«

Unschlüssig, was ich glauben sollte, ließ ich ihn los und sah zum Fenster. Seine Reaktion passte nicht zu dem Video. Er wirkte in keiner Weise ertappt. Viel mehr war er ernsthaft er-bost über meinen Vorwurf. Sagte er die Wahrheit?

»Argh! Verdammt!«, zischte er.

Ich wandte mich ihm wieder zu. Er lag verkrampft in sei-nem Bett und legte eine Hand auf den Bauch. Als er das Nachthemd hob, erkannte ich die rote Flüssigkeit, die durch den Verband sickerte. Er hatte sich so sehr aufgeregt und be-wegt, dass die Naht aufgegangen sein musste.

»Wie kam es überhaupt *dazu*?« Ich deutete auf die Wunde.

»Wollen Sie mir nicht vielleicht erst einmal helfen?!«

»Ich habe kein Interesse daran, Ihnen zu helfen. Vielleicht überlege ich es mir, wenn Sie mich überzeugen.«
Er schnaufte verächtlich.

»Das ist nicht so einfach.«

»Versuchen Sie es. Ich habe Zeit.«
Klingenberg wandte den Blick ab, dachte nach, entschied sich dann jedoch vermutlich, mit mir zu reden. Gerade, als er ansetzen wollte, ertönte ein Knall und die Tür sprang auf.

»Caius! Du dreckiges Schwein! Perversling!« Elena stürmte ins Zimmer und auf den verletzten Polizisten zu.

Ehe sie ihn erreichen konnte, sprang Markus Caspari ihr hinterher, packte sie am Arm und hielt sie davon ab, etwas Dummes zu tun.

»Elena! Beruhige dich!«

»Beruhigen?! Spinnst du?! Dieser Pädophile hat sich an meinem kleinen Mädchen vergangen!«

Ich rieb mir mit den Fingern die Schläfen. Dieses Geschreie bekam mir an diesem Morgen überhaupt nicht. Während Klingenberg vollkommen entsetzt zwischen Elena und mir hin und her sah, hatte Kommissar Caspari größte Mühe, den Wildfang im Zaum zu halten.

»Sind denn alle völlig übergeschnappt?! Verdammt noch mal! Ich stehe nicht auf Kinder! Und der Typ in diesem dämlichen Video bin ich auch nicht!«, schrie Caius Klingenberg und fuchtelte wild mit den Armen.

»Was ist das für ein Lärm?« Ein Mann in weißem Kittel betrat den Raum, gefolgt von zwei Krankenschwestern. Der Arzt sah zwischen den Anwesenden umher, fixierte schließlich die blutende Wunde seines Patienten.

»Ich fordere alle Besucher auf, das Zimmer umgehend zu verlassen! Schwester, wir müssen die Wunde untersuchen. Es scheint, dass die Naht aufgegangen ist.«

Ich hob meinen Blick und sah eine der Frauen weggehen, während die andere die Gerätschaften kontrollierte. Mein Blick traf den des Arztes. Er war wütend, doch das beeindruckte mich nicht besonders. Dennoch gehorchte ich und folgte den beiden Polizisten aus dem Zimmer.

Elena lief aufgewühlt auf und ab, während ihr Kollege sich gesetzt hatte.

»Was hast du überhaupt hier gemacht? Moment! Natürlich! Du wusstest es! Und du hast es mir nicht gesagt!« Sie kam mit erhobenem Zeigefinger auf mich zu und funkelte mich wütend an.

»Ich wollte dich damit nicht belasten, ehe ich nicht sicher war«, sagte ich und kniff die Augen zusammen. Konnte diese Frau nicht einmal in den Dezibelgrenzen bleiben?

»Und sind Sie es jetzt?«, fragte Markus Caspari und sah mich erwartungsvoll an.

»Nein. Er streitet es ab. Nun, das war zu erwarten. Aber seine Reaktion lässt mich daran zweifeln, dass er der Gesuchte ist.«

»Und was ist mit der Tätowierung? Sie war auf dem Video deutlich zu erkennen, als wir das Video auf einem der Monitore angesehen hatten.« Elena war nach wie vor ungehalten und raufte sich die Haare. Die Sache ging ihr näher, als es gut war. Doch wer würde ruhig bleiben, wenn ein Pädophiler das eigene Kind ins Auge gefasst hatte?

»Angeblich ein Gang-Tattoo. Ob das stimmt, muss überprüft werden. Wissen Sie, woher die Verletzung an seinen Rippen stammt?«, fragte ich an Kommissar Caspari gewandt. Er schüttelte nur den Kopf.

Verärgert über die frühe Unterbrechung und dadurch fehlende Information ballte ich die Hand zur Faust.

»Weswegen sind Sie überhaupt hier, Dr. Leptin? Abgesehen davon, dass Sie den Verdacht hatten, meine ich. Sie hätten es uns nur mitteilen müssen und wir wären der Sache nachgegangen. Wenn Sie Elena damit nicht behelligen wollten, wären noch zig andere Kollegen verfügbar gewesen.«

Ich schwieg für einen Moment. Erst als auch Elena mich fragend ansah, verspürte ich den Druck, antworten zu müssen.

»Ich ... habe meine Gründe.«

»Welche?«, hakte der junge Mann nach und beugte sich etwas vor. Er war neugierig.

»Sie sind sehr persönlich. Ich möchte ungern darüber reden. Entschuldigen Sie mich bitte.«

Noch bevor er reagieren konnte, machte ich mich auf den Weg zu den Toiletten. Beunruhigt darüber, was die ganze Sache mit meinem Körper machte, stützte ich mich am Waschbeckenrand ab und starrte in den Spiegel. Die rot unterlaufenen Augen deuteten Tränen an, doch ich durfte keine Schwäche zeigen. Es waren Erinnerungen, die mir zu schaffen machten. Doch bekanntlich hatte jeder eine Achillessehne und meine waren schutzlose Kinder.

KAPITEL 14

Mein letzter Patient an diesem Tag war gerade gegangen, als es an der Tür meines Büros klopfte. Verwundert sah ich auf die Uhr, kontrollierte erneut meinen Terminplan und öffnete dann.

»Elena? Was machst du hier?«

»Ich wollte dich sehen«, sie lächelte leicht und sah mich aus großen blauen Augen an. Ich seufzte. Diese Gefühlsduselei hatte ich noch nie gemocht. Genauso wenig, wie Personen, die sich in mein Leben einmischen wollten. Aber ich brauchte sie. Sie war meine Eintrittskarte hinter die Kulissen!

»Komm rein. Mach es dir bequem. Ich bin gleich soweit.« Ich ging zurück an meinen Schreibtisch und räumte die Unterlagen ordentlich zusammen. Elena setzte sich auf die kleine Couch, die ich so selten für Patienten nutzte, ließ sich in die Lehne sinken und atmete hörbar aus. Ihr machte das alles sichtlich zu schaffen.

»Denkst du nicht, dass es zu früh war, das Krankenhaus zu verlassen? Du bist doch noch gar nicht richtig gesund und arbeitest schon wieder wie eine Besessene.«

»Habe ich eine andere Wahl? Es geht um mein Kind! Oder zumindest glaube ich das ...« Ich ging zu ihr, stellte mich vor sie und sah in ihre müden Augen.

»Das stimmt. Aber du wirkst sehr erschöpft. Etwas Schlaf würde dir guttun.«

»Kann sein.« Sie sah verträumt auf den Fußboden, ehe sie das Wort erneut an mich richtete.

»Und du? Was ist mit dir los? Du wirkst so angespannt. Heute Morgen schon. Was bedrückt dich? Du sagtest, dass du persönliche Gründe hast, dieser Sache nachzugehen. Welche? Mir kannst du es doch sagen.«

Meine Miene verfinsterte sich. Unschlüssig, was ich sagen sollte, schwieg ich Elena an. Ihr fragender Blick prallte an meinem Gesicht aus Stein ab, wie ein Papierflieger an der Chinesischen Mauer.

»Na komm.« Sie klopfte zwei Mal mit der flachen Hand auf das Sofa und gab mir so zu verstehen, dass ich mich setzen sollte. Wortlos folgte ich ihrem Wunsch.

»David, ich weiß es ist nicht leicht, über seine Gefühle zu reden. Vor allem für euch Männer scheint das ein Unding zu sein. Aber es ist ok. Du darfst auch mal schwach sein! Niemand ist perfekt! Und letzten Endes sind wir alle nur Menschen.« Sie beugte sich etwas vor und lehnte ihre Stirn gegen meine. Ich ließ es geschehen.

Während wir in dieser Haltung einander in die Augen sahen, wurde ihr Blick ganz weich und ihre Wangen röteten sich.

»Ich liebe dich«, flüsterte sie und lächelte.

Ich küsste die Blondine auf die Stirn. Es war einfacher, als zu antworten. Dann stand ich auf und hielt ihr meine Hand entgegen.

»Na los. Wir gehen.«

Sie ergriff meine Hand und folgte mir.

Ich liebe dich. Diese drei Worte änderten alles. Sie zeigten mir, was sie empfand, wie sie über uns dachte und welche Verbundenheit sie verspürte. Doch für mich war nur eines entscheidend: Welche Macht ich nun über sie hatte.

KAPITEL 15

Als ich erwachte, war es kurz nach sechs. Elena war bereits aufgestanden und es duftete herrlich nach gebratenen Eiern und Speck. Oder zumindest glaubte ich das. Noch immer mit geschlossenen Augen tastete ich nach meiner Unterhose. Wo war das verdammte Ding? Erleichtert streifte ich die Markenwäsche über, stieg aus dem Bett und rieb mir schlaftrunken die Augen. Erst als ich mich umsah, bemerkte ich, dass es nicht mein Schlafzimmer war, in welchem ich leicht bekleidet stand. Es gehörte zu meinen Prinzipien, niemals bei einer Frau zu übernachten. Allein die Tatsache, dass das weibliche Geschlecht sofort viel zu viel in eine Handlung hineininterpretierte und dazu neigte, sich Hals über Kopf in einen Mann zu verlieben, widerstrebte mir. Andererseits hatte die Kommissarin mir ihre Liebe gestanden. Konnte es also noch schlimmer werden?

Ich zog meine Kleidung vom Vortag an, ließ Weste und Krawatte jedoch beiseite. Was brachten sie, wenn selbst das Hemd zerknittert am Körper hing?

»Guten Morgen«, sagte ich und stellte mich in den Türrahmen der Küche.

Elenas ältere Tochter Mala sah mich entsetzt an. Ohne ein weiteres Wort zu sagen, nahm sie ihr Toastbrot und verließ die Küche. Verwirrt schaute ich zu Elena.

»Entschuldige bitte. Ich glaube, das wird ihr alles zu viel. Erst die Sache mit Silas und dann bekommt sie das mit uns auch noch raus.« Elena zuckte mit den Schultern und sah etwas traurig drein.

»Entschuldige bitte. Hätte ich im Schlafzimmer warten oder einfach gehen sollen?«

»Nein, es ist alles ok. Ich hätte einfach mit ihr reden sollen. Aber irgendwie sehe ich sie kaum. Sobald Mala aus der Schule kommt, verkriecht sie sich in ihrem Zimmer und lässt mich nicht an sich ran.« Sie reichte mir einen Teller mit Toastbrot, den ich dankend annahm.

An dem Platz, den sie mir anbot, stand bereits eine Tasse mit frisch aufgebrühtem Kaffee.

»Wenn du möchtest, kann ich mit ihr reden. Nicht hier, versteht sich. In meiner Praxis. Vielleicht erzählt sie mehr, wenn die ärztliche Schweigepflicht mir einen Maulkorb anlegt.«

»Nach der Aktion? Das wäre wohl nicht so gut. Aber ich überlege es mir. Vielleicht schicke ich sie später in deine Praxis.« Elena setzte sich neben mich. »Und? Wie hast du geschlafen? Du warst sicherlich ziemlich erschöpft.«

Ich spürte, wie sie ihre Hand auf meine Hose legte und mein Glied ertastete. Herrgott. Konnte man nicht einmal in Ruhe frühstücken.

»Ich muss gleich los. Duschen, mich umziehen und dann in die Praxis. Entschuldige bitte.«

»Wir könnten auch zusammen duschen.« Sie rutschte auf ihrem Stuhl etwas dichter an mich heran. Ich unterdrückte den Impuls zu seufzen.

»Ein anderes Mal.« Ich griff nach dem Toastbrot, gab ihr einen Kuss auf die Stirn und machte mich auf den Weg aus der Wohnung.

KAPITEL 16

Kaum, dass ich aus meiner Dusche gestiegen war, ging ich nur mit einem Handtuch um die Hüften bekleidet durch die Wohnung und wählte in dem Handy eine Nummer.

»Praxis Dr. Leptin, Sie sprechen mit Frau Fink?«

»Guten Morgen, Frau Fink. Leptin hier. Sagen Sie bitte meine Vormittagstermine ab. Ich werde erst gegen elf Uhr in der Praxis sein. Vereinbaren Sie bitte auch Nachholtermine. Sollte es Probleme geben, schreiben Sie mir die Namen auf, ich kläre das dann persönlich, sobald ich in der Praxis bin. Bis später.« Ich wartete nicht auf ihre Antwort, sondern legte einfach auf. Natürlich hatte ich eine gewisse Verantwortung gegenüber meinen Patienten, doch ich musste ein wichtiges Gespräch fortsetzen.

Ich klopfte kurz an der Tür, ehe ich das Zimmer betrat.

»Sie schon wieder«, sagte Klingenberg kurz angebunden und hielt sich reflexartig das Handgelenk. Wahrscheinlich spürte er eine Art Phantomschmerz, nachdem ich seinen Arm bei unserer vergangenen Unterhaltung leicht gequetscht hatte.

»Wir wurden beim letzten Mal unterbrochen.« Ich nahm einen der Besucherstühle und setzte mich an sein Bett. »Also, erzählen Sie mir bitte, wie es dazu kam.« Ich deutete auf seine klägliche, bandagierte Erscheinung.

»Ist ja gut. Wenn Sie danach endlich Ruhe geben.« Er verstummte und starrte auf die Bettdecke, rang sichtlich mit sich selbst.

»Soll ich vielleicht nachhelfen?« Ich stand auf und trat einen Schritt dichter an die Matratze.

»Schon gut! Herrgott noch mal! Das ist verdammt peinlich, vor allem für jemanden in meiner Position. Aber was soll's. Besser, als für pädophil gehalten zu werden. Ich hab' mich mit den falschen Leuten angelegt.« Er sah zu mir und erhoffte sich eine Reaktion, doch den Gefallen tat ich ihm nicht.

»Ich hab' mich verzockt. Es war eine gemütliche Pokerrunde, viel Geld war im Umlauf und ich dachte, es könnte nicht besser laufen. Aber dem war nicht so. Jedenfalls verlor ich mein Geld. Als ich eine Revanche wollte, selbst aber kein Geld mehr hatte, habe ich mir was von einem der Typen geliehen, die um den Tisch herumstanden. Leider hatte ich wieder kein Glück.«

»Und Sie konnten die Schulden nicht begleichen?« Ich musterte ihn, während ich auf seine Antwort wartete.

Er nickte, sah mich jedoch nicht an. Meine Hand glitt unter den Stuhl und ich rutschte noch dichter an das Bett.

»Kommissar Klingenberg, es ist äußerst unklug einen Mann zu verärgern, der sein Geld damit verdient, andere Leute zu analysieren. Einen Versuch haben Sie noch«, flüsterte ich ihm ins Ohr und lehnte mich anschließend wieder zurück.

Der Polizist riss die Augen auf. Schweiß trat auf seine Stirn und die Farbe wich langsam aus seinem kantigen Gesicht.

»In Ordnung. Lassen Sie mich Ihnen helfen. Drogen? Mafia? Homosexualität? Pädophilie? Prostitution?«

Mein Gegenüber schluckte. Sein Blick huschte durch den Raum, überall hin, nur nicht zu mir. Seufzend legte ich ihm eine Hand auf den Schenkel.

»Es ist nichts verkehrt daran, Männer zu lieben. Auch wenn es in der Polizei wohl besonders verschrien ist.«

»Woher ...?«

»Die Augen sind der Spiegel der Seele. Das sagt Ihnen doch etwas? Nun, Ihre Augen haben Sie verraten. Als ich von Homosexualität sprach, weiteten sich Ihre Pupillen. Dies geschieht nur, wenn unser Gehirn reagiert, eine persönliche Bindung aufbaut. Also? Gehe ich richtig in der Annahme, dass Ihnen jemand auf die Schliche kam und die Verletzung im Zuge einer Auseinandersetzung entstanden ist?« Der Polizist sah mich verwirrt an. Als ich mutmaßte, dass er mir nicht antworten würde, fuhr ich fort. »Wenn dem so sein sollte, hat dies nichts mit dem zu tun, weswegen ich hier bin.

Sie hatten mir bei unserer letzten Begegnung von diesem Tattoo erzählt. Ein Zeichen einer Gang, richtig? Erzählen Sie mir davon.«

Klingenberg war wie gelähmt. Der Blässe in seinem Gesicht war Schamesröte gewichen. Es war normal, dass Männer sich zuerst schämten, doch wir befanden uns im einundzwanzigsten Jahrhundert. Außerdem war mir seine sexuelle Gesinnung reichlich egal.

»Keine Ahnung, was ich dazu sagen soll. Wir waren eine Gruppe aus vielleicht zehn Leuten, alle um die achtzehn Jahre alt. Nur Typen, keine Mädchen. Das war vor meiner Zeit bei der Polizei. Wir sind durch die Straßen gezogen und haben kleine Kinder erschreckt. Ab und zu mal Alkis angepöbelt. Das war keine Zeit, auf die ich besonders stolz bin.«

Ich sparte mir meine Moralpredigt, dass gerade ein angehender Polizist sich niemals hätte derart danebenbenehmen sollen. Der Mann wusste selbst am besten, wie falsch sein Verhalten war. Stattdessen stürzte ich mich auf einen Teil seiner Aussage. »Kleine Kinder? Wie alt waren die?«

»Keine Ahnung. Alle unter zehn würde ich sagen. Wir haben uns die gegriffen, die allein gespielt haben oder dabei waren, irgendwelchen Blödsinn zu fabrizieren.« Er rieb sich verlegen den Nacken.

»Und was haben Sie mit ihnen gemacht?«

»Scheiße nein! Nicht das, was Sie denken! Wir haben ihnen einen Schrecken eingejagt, damit sie nicht mehr allein rumrennen. Mehr nicht!« Entsetzt sah er mich an.

Ich glaubte ihm. Während seiner Schilderung gab es keine Anzeichen auf Erfundenes oder Lügen. Hinzu kam seine beschämte Miene.

»Und damit haben Sie einfach irgendwann aufgehört?«

»Der Großteil von uns schon.«

»Der Großteil? Nicht alle?«

»Nein, einer nicht.« Klingenberg sah mir nun direkt in die Augen. »Marlon Claasen hat weitergemacht.«

Es klopfte an der Tür und Kommissar Caspari betrat den Raum.

»Oh, hallo Dr. Leptin. Mit Ihnen hatte ich hier eigentlich nicht gerechnet. Was machen Sie hier?«

»Guten Morgen. Vermutlich das Gleiche wie Sie. Diesem Mann einige Fragen stellen. Aber lassen Sie mich gleich eines sagen: Falls Sie hier sind, um Kommissar Klingenberg zu befragen, da Sie ihn weiterhin verdächtigen, sparen Sie sich das. Ich habe ihm die Wahrheit bereits entlocken können.« Ich stand auf, straffte meinen Anzug und spürte, wie der verwundete Polizist unauffällig an meiner Hose zog, um mich anzuflehen, nicht weiterzusprechen. Ehe ich fortfuhr, räusperte ich mich kurz.

»Das Tattoo des Mannes auf dem Video ist ein Gang-Tattoo. Etwa neun weitere Leute tragen es. Die Namen kann Ihnen Ihr Kollege sicherlich nennen. Und was die Wunde angeht«, sagte ich ruhig und sah kurz auf die Stelle, die das letzte Mal während unserer Unterhaltung aufgerissen war, »die hat er sich zugezogen, nachdem er Spielschulden nicht zahlen konnte.«

Ich stellte den Stuhl zurück an den kleinen Tisch nahe dem Fenster und nickte den beiden Herren kurz zu. »Wenn Sie mich nun entschuldigen würden.« Ohne ein weiteres Wort oder gar einen Blick zurück, schritt ich an Kommissar Caspari vorbei und verließ das Zimmer. Das Gespräch mit Caius Klingenberg hatte mich um einiges weitergebracht. Ich wusste nun, wonach oder besser, nach wem ich suchen sollte. Fehlte also nur die passende Adresse. Aber wofür hatte man Vitamin B, wenn man es nicht nutzte.

KAPITEL 17

»Detektei Weisner«, meldete sich die raue Stimme eines vermutlich älteren Herren am Telefon. Der Stimme zufolge stand er kurz vor der Rente.

Ich drehte mich in dem ledernen Bürostuhl und ließ die Visitenkarte zwischen den Fingern hin- und herwandern.

»Guten Tag, Herr Weisner. Dr. David Leptin mein Name. Sie wurden mir empfohlen. Ich hoffe, Ihre Dienste für das Finden einer bestimmten Person in Anspruch nehmen zu können. Es handelt sich um ...«

»Ich finde jeden. Egal wann, egal wo«, unterbrach er mich.

Diese Unverfrorenheit ließ mein Herz kurz schneller schlagen, doch ich verdrängte den Frust und mühte mich um Sachlichkeit.

»Dann verspreche ich mir einen Erfolg. Der Mann heißt Marlon Claasen. Er sollte Ende zwanzig, Anfang dreißig sein. Mit achtzehn wohnte er noch in Rostock. Oder zumindest trieb er sich hier herum. Ich benötige seine aktuelle Adresse.«

»Alles klar. Haben Sie noch ein Bild von ihm oder so was?«

»Nein, tut mir leid. Mehr Informationen habe ich nicht. Ach Moment! An seinem Unterarm sollte ein Tattoo sichtbar sein. Eine Art Tribal.«

»Aha. Tattoo, was? Ich verstehe die jungen Leute nicht. Was machen die da nur mit ihrem Körper. Und haben Sie eine Ahnung, was da für Gelder bei verschwendet werden? Wenn es nach mir ginge ...«

»Ja, ich verstehe. Nehmen Sie den Auftrag an?«

»Ich denke, das sollte ich hinkriegen. Also verlassen Sie sich auf mich, Herr Doktor. Das heißt, solange Sie das Geld aufbringen können. Ich bin nicht ganz billig, was unter anderem an meinen Methoden liegt. Und Sie zahlen nach Aufwand und Zeit, die ich benötige«, sagte er und blies Luft in den Hörer. Wahrscheinlich zog er gerade an einer Zigarette.

Ich beteuerte ihm, dass er sich um den finanziellen Aspekt keine Sorgen zu machen brauchte, nannte meine Kontaktdaten, bedankte mich und legte auf. Die Visitenkarte verstaute ich in meinem Buchkalender. Der Freund, der mir Weisner empfohlen hatte, hielt unglaublich viel von dem alten Kauz. Angeblich handelte es sich bei dem Privatdetektiv um einen ehemaligen Alkoholiker, der die Drinks durch Zigarren ausgetauscht und seinem Leben so einen neuen Anstrich, oder besser Geruch, verpasst hatte. Dennoch verstand er etwas von seinem Werk.

Ich warf einen kurzen Blick auf die Uhr. Es war kurz vor elf. In wenigen Minuten würde Frau Ruwolt die Praxis betreten, in einem viel zu großen Pullover und einer Hose, in dessen Gürtel drei weitere Löcher gestanzt werden mussten. Natürlich war mir bewusst, dass ihr Krankheitsbild sich wenig gebessert hatte, die Magersucht sie weiterhin dominierte und jeder negative Einfluss den Heilungsprozess unterbrach, doch fiel es mir zurzeit schwer, mich auf meinen Beruf und die damit verbundene Aufgabe zu konzentrieren. Es mangelte mir an Ernsthaftigkeit, Sorgfalt und zu guter Letzt an Motivation. Was war nur aus mir geworden?

Während meines Medizinstudiums hatte endlose Wissbegierde an mir genagt, mich immer wieder zu den Büchern gerufen. Ich hatte geradezu nach besonderen Fällen, speziellen Krankheiten oder verstörten Patienten gegiert. Die Wege des Herrn sind unergründlich, ebenso wie die menschliche Psyche. Hinzu kam die persönliche Komponente. Niemand wusste, was ein einschneidendes Erlebnis mit einer Person anstellte.

Frau Ruwolt stürzte sich in verzerrte Selbstwahrnehmungen, während Wenke Rausch ihren inneren Kampf in Albträumen austrug.

Und Mala? Was Silas ihr angetan hatte, war mit Sicherheit etwas, das nicht ohne Folgen bleiben würde. Elena sagte mir, dass ihre Tochter verschlossen sei. Sie vertraute sich nicht einmal ihr an. Aber war das verwunderlich?

Ein plötzliches Brummen riss mich aus meinen Gedanken. Das schwarze Smartphone auf dem Schreibtisch leuchtete auf.

»*Wenn man vom Teufel spricht*«, dachte ich und las Elenas Nachricht.

>Sehen wir uns heute noch? Ich wollte etwas mit dir besprechen. Falls du vor mir da sein solltest, der Ersatzschlüssel klebt an der Innenseite des Briefkastens. Du solltest ihn ohne Mühe erreichen.<

Für einen kurzen Moment fragte ich mich, was es Wichtiges geben konnte. Doch dann fiel mir wieder ein, dass diese Frau mit ihrer rosaroten Brille womöglich einfach nur wieder etwas Stressabbau benötigte. Worin hatte ich mich da nur verfangen?

Ich antwortete, dass ich da sein würde und schob das Handy in meine Jackettasche, als es an er Tür klopfte.

»Dr. Leptin? Frau Ruwolt ist da. Darf sie reinkommen?« Ohne etwas zu sagen, stand ich auf, ging zu meiner Sekretärin und nickte ihr dankend zu, ehe ich mich an die knochige Frau im Wartezimmer wandte.

»Guten Tag, Frau Ruwolt. Wollen wir?«

Sie schob sich an mir vorbei, stapfte auf die Sessel zu und ließ sich fallen. Aus ihren glasigen Augen schob sich eine Träne, doch ein Taschentuch fing den salzigen Tropfen auf, ehe er das Kinn berührte.

»Es ist alles so furchtbar. So furchtbar! Ich hasse Männer! Ich hasse die Liebe! Wieso wurde so ein schreckliches Werkzeug nur erfunden? Wer erfreut sich dermaßen an dem Leid anderer, dass er dauernd Herzen bricht?« Die junge Frau unterbrach ihren Monolog und schnäuzte die Nase. Wortlos setzte ich mich ihr gegenüber und schlug die Beine übereinander. Das Beste würde sein, sie einfach reden zu lassen.

»Sind Sie verliebt, Dr. Leptin?«

»Wie bitte?« Etwas überrumpelt von dieser plötzlichen Frage blinzelte ich mehrmals.

»Haben Sie jemanden? Sind Sie in einer Beziehung?«

Was sollte ich ihr sagen? Die Wahrheit? Dass ich eine junge, hübsche Kommissarin fast täglich auf den Höhepunkt der Lust trieb, jedoch keinerlei Gefühle für sie hatte und jede Liebkosung nur ein Mittel zum Zweck war, um an den Ermittlungsstand der Polizei zu gelangen?

»Nun, es ist kompliziert«, antwortete ich schwammig und räusperte mich kurz. Frau Ruwolt nickte hartnäckig, als wäre genau das ihrem Gedankengang entsprungen.

»Genau! Genau so! Ich habe alles versucht! Clubs, Annoncen, Internet. Ich habe sogar einen Kassierer im Bio-Markt des KTCs angesprochen. Aber glauben Sie, dass jemand anbeißt? Nichts! Na ja, abgesehen von einem. Aber Alex schreibt mir schon lange nicht mehr.«

»Alex? Hast du mir schon einmal von ihm erzählt?«

Die Patientin schüttelte den Kopf. Sie begann an dem Saum ihres Pullovers zu spielen, ließ ihn zwischen den Fingern wandern und senkte den Blick.

»Nein, habe ich nicht. Das ist auch schon eine gefühlte Ewigkeit her. Das muss im Frühling gewesen sein. Aber da war nichts. Wir haben etwas getextet, anfangs sogar täglich! Wir haben uns aber nie getroffen. Irgendwann wurde es dann immer weniger und mittlerweile geht er gar nicht mehr online. Wahrscheinlich hat er irgendein superschlankes Weib, mit dem er auf der Couch sitzen und Serien gucken kann.« Ihre Gesichtszüge verhärteten sich wieder und sie zog einen Schmollmund.

Als sie wieder zu sprechen begann, hallten ihre Worte nur wie leises Genuschel in meinen Ohren. Sie hatte mit Alex geschrieben. Er hatte ihr allem Anschein nach gutgetan und ging nicht mehr in die sozialen Netzwerke. Man musste kein Genie sein, um die Brücke zu Silas zu schlagen. Ich war mir fast sicher, dass er es war, mit dem Frau Ruwolt kommuniziert hatte. Doch wieso? Meine Patientin entsprach in keiner Weise seinem Beuteschema. Er suchte nach jungen, attraktiven Frauen, die sich gern präsentierten und offensichtlich jeden haben konnten. Weswegen also sie?

Die Sprechzeit war vorüber und ich verabschiedete die noch immer aufgewühlte Frau Ruwolt. Zwar hasste ich es, wenn Patienten nach einer Sitzung in erregtem Gemütszustand meine Praxis verließen, doch ließ mich diese Frage nach dem Warum nicht in Ruhe. Kaum, dass ich wieder allein war, ging ich an den hölzernen Aktenschrank, zog die Mappe mit ihrem Namen hervor und schlug sie auf. Und plötzlich fiel es mir wie Schuppen von den Augen.

Silvia Ruwolts Krankheit begann bereits während der Schulzeit. Sie lief einem gut aussehenden Jungen hinterher, machte ihm Avancen, trug die knappsten Oberteile die sie hatte, und wurde von ihm vernichtet. Er lachte sie aus, bezeichnete sie als peinlich und hässlich und versetzte ihrem Ego damit den Riss, der einen verzerrten Spiegel entstehen ließ. Die damals Vierzehnjährige begann damit, ihren Körper zu verstecken, schämte sich für den wachsenden Busen und empfand ihn als überschüssiges Fett. Die Folge der Mangelernährung waren diverse Krankenhausaufenthalte mit Zwangsernährung und Therapiegruppen, bis sie wieder bereit für einen Neuanfang war. Doch die Männerwelt meinte es nicht gut mit ihr. Immer wieder wurde sie abgewiesen, fand niemanden, der sie so akzeptierte, wie sie war und wurde rückfällig. Irgendwann stand ihre Mutter dann vor meiner Tür, die junge Frau hinter sich, und bat mich um eine Therapie. Seitdem hat sie zwar zugenommen und aß immerhin eine Kleinigkeit pro Tag, doch von einer Überwindung der Krankheit waren wir weit entfernt. Nicht zuletzt wegen ihrer mentalen Instabilität.

In Anbetracht ihrer Vorgeschichte glich sie Silas wie ein Ei dem anderen. Auch er wurde immer wieder zurückgewiesen. Doch hatte dies seinem Ego weniger geschadet, als es zu stärken und später Hass zu entwickeln.

»Schau mal, Doc! Krass oder?« Silas hatte mir zu Beginn unseres Deals ein Bild von sich aus Schulzeiten gezeigt. Für seine durchschnittliche Größe war er extrem dünn, die Arme hingen wie Spaghetti an den Seiten hinab und die dünnen Beine hätten bei der nächsten Böe brechen können. »Und jetzt das!« Er war aufgestanden, hatte sein Shirt angehoben und die definierten Bauchmuskeln gezeigt. An dem anderen Arm spannte er den Bizeps an, der sichtlich hervortrat. »So was erreicht man, wenn man an sich arbeitet und diszipliniert ist. Na ja, Disziplin ist meine Stärke. Das zeigt sich ja schon daran, wie oft Gabriel etwas sagen darf und ich ihn dafür nicht umbringe. Aber das hatten wir ja schon. Jedenfalls ist das hier«, er deutete erneut auf den Waschbrettbauch, »meine Eintrittskarte in die Damenwelt. Mädchen sind oberflächlich. Sie sehen Muskeln und fangen sofort an zu sabbern. Damals mochte mich keiner, weil ich mehr Lauch als Mensch war. Doch das hat sich geändert. Der Sport hat mich verändert. Und entscheidend waren dabei meine beiden Ziele.«

»Welche wären das?«

Silas hatte lauthals gelacht, sich in den Sessel fallen lassen, und war sich mit den Fingern durch die Haare gefahren.

»Mein erstes Ziel war es, unwiderstehlich für die Damenwelt zu werden. Sie werden mir die Tür einrennen und sich nach mir verzehren, Sie werden schon sehen, Doc. Und mein zweites … Tja. Das war das knackende Geräusch, wenn das Genick bricht, während ich ihnen den Hals umdrehe.«

Allein die Erinnerung an Silas ließ mein Herz schneller schlagen. Es war unsagbar aufregend gewesen, seine Taten zu verfolgen, die Gedanken dieses Psychopathen aus erster Hand zu erfahren und Teil seines kranken Spiels zu sein. Er war skrupellos gewesen und seine Rachegelüste hatten ihn unberechenbar gemacht. Und doch war Silvia Ruwolt ihm nicht zum Opfer geworden. Sie hatte es nicht gewusst, doch ihre Krankheit und was diese ausgelöst hatte, war es gewesen, das Silas' Mitgefühl geweckt hatte. Das Mobbing durch andere verband Leidende miteinander. Und wer weiß. Vielleicht hatte Silas auch für sie mitgemordet.

KAPITEL 18

Der Schlüssel befand sich, wie Elena es mir gesagt hatte, an der Innenseite des Briefkastens. Ich dachte kurz darüber nach, wie simpel dieses Versteck doch war und erinnerte mich dann an Leute, die Ersatzschlüssel unter ihre Fußmatten legten. Immerhin war die Kommissarin kreativ.

Das kleine Metall in meinen Fingern drehte sich im Schloss und sperrte die Tür auf. Ich trat die an den Sohlen haftende Erde ab und streifte die Schuhe von meinen Füßen. Elena hatte kein Schuhregal, wie ich es besaß. In ihrem Haushalt wurden die Stiefel einfach am Eingang abgestellt und die Jacken an einer kleinen Garderobe aufgehängt, die fast schon überquoll. In meiner Wohnung würde es derartige Unordnung niemals geben, doch in dieser Sache musste ich mich anpassen. Im Wohnzimmer saß Mala an ihrem Laptop. Sie hatte die Beine seitlich angewinkelt und starrte auf den Bildschirm.

»Guten Tag«, grüßte ich sie und lächelte leicht.

Das Mädchen sah kurz auf, in ihrem Blick erkannte ich einen Anflug von Misstrauen. Als ich mich ihr näherte und ebenfalls auf die Couch setzte, bestätigte sie meine Vermutung, indem sie wegrückte und den Abstand zwischen uns zu vergrößern versuchte.

»Deine Mutter sagte, ich könne hier auf sie warten. Ich hoffe, das ist für dich in Ordnung?« Ich hob fragend die Augenbrauen, doch sie zuckte nur mit den Achseln, schaute nicht einmal in meine Richtung.

Malas Haltung wirkte verkrampft. Normalerweise würde man die Glieder von sich strecken und eine möglichst angenehme Position einnehmen, sobald man zu Hause ungestört und unbeobachtet war. Nicht jedoch Mala. Aber wer konnte es ihr verübeln? Bei dem, was Silas ihr angetan hatte, fiel es ihr schwer, überhaupt in der Gegenwart eines Mannes zu sein. Zudem waren wir beide in diesem Moment allein in der Wohnung. Unvorstellbar, was gerade in ihrem Kopf vorgehen musste. In der Tasche meines Jacketts vibrierte es. Ich warf einen Blick auf das Display und dann zur Tochter der Kommissarin.

»Entschuldige bitte.« Ich wischte mit dem Finger über das Display und hob das Gerät an mein Ohr. »Leptin?«

»Guten Tag, Dr. Leptin. Hier ist Herr Weisner. Ich rufe wegen des Auftrages an, den sie mir erteilten. Sie wissen worum es geht? Ich habe einige Informationen für Sie. Das war tatsächlich ziemlich einfach. Passt es Ihnen gerade?« Seine raue Stimme drang durch den Hörer direkt in mein Ohr. Sie erinnerte mich an meinen verhassten Vater. Meinen toten verhassten Vater.

»Guten Tag. Ja. Reden Sie ruhig.« Ich hörte dem alten Mann zu, als Mala plötzlich aufsprang, den Laptop sorglos auf die Couch fallen ließ und wie von der Tarantel gestochen losstürmte.

»Also: Ich habe diesen Claasen gefunden, auf den sie mich angesetzt hatten. Sie lagen richtig. Er wohnte in Rostock und tut es noch immer. Ich war so frei und habe außerdem noch etwas tiefer gegraben. Keine Ahnung, ob es Sie interessiert, aber ein Kontakt von mir hat zudem ungewöhnliche Aktivitäten auf Marlon Claasens Konto entdeckt. Regelmäßige Einzahlungen in unterschiedlicher Höhe. So richtig schlau wurde ich daraus jedoch nicht. Soll ich der Sache auf den Grund gehen? Kostet natürlich extra, versteht sich.«

Er redete unaufhörlich weiter, während meine Konzentration sich langsam in Luft aufzulösen schien. Aus dem anderen Teil der Wohnung hörte ich Mala immer wieder erbrechen. Der Arzt in mir wollte aufspringen und ihr helfen. Ich überlegte einen kurzen Moment, wartete, bis der Privatdetektiv eine Pause machte, und unterbrach seinen Vortrag ehe er weiterreden konnte.

»Herr Weisner, kann ich Sie doch später zurückrufen? Mir ist gerade etwas dazwischengekommen.«

Etwas verdutzt gab der alte Mann sich einverstanden, nachdem er etwas Unverständliches gemurmelt hatte. Ich bedankte mich und legte auf.

Das Handy warf ich auf den Wohnzimmertisch, ehe ich zu dem Mädchen ging. Wie vermutet hing sie kopfüber über der Toilettenschüssel und spuckte sich die Seele aus dem Leib.

»Mala? Ist alles in Ordnung?«

»Gehen Sie weg! Lassen Sie mich in Ruhe!«, schrie sie und erbrach sich erneut.

Ich krempelte die Ärmel meines Hemdes hoch und griff nach ihren Haaren. Zuerst versuchte sie mich wegzuschieben, hatte jedoch wenig Gelegenheit dazu, ehe sie sich wieder übergab. Einige Minuten vergingen. Mala betätigte die Spülung, bevor sie sich aufrichtete und den Mund mit Wasser ausspülte. Ich stand nur daneben und betrachtete ihr kreidebleiches Gesicht im Spiegel. Das Make-up um die rot unterlaufenen Augen war verschmiert.

»Ist dir öfter schlecht?«, fragte ich, als sie vom Waschbecken wegtrat und mich an den Wasserhahn ließ.

»Ab und zu«, sagte sie leise. Im Spiegel sah ich, wie Mala zu Boden blickte, das Gesicht noch immer kreidebleich und ihre Hände auf dem Bauch. Wie vom Blitz getroffen, erstarrte ich in meiner Bewegung und riss die Augen auf. Ohne die Hände abzutrocknen, drehte ich mich zu ihr um. Konnte das sein?

»Mala, bist du etwa …« Entsetzt starrte ich sie an, wagte die Worte nicht auszusprechen.

»Bitte! Sagen Sie meiner Mutter nichts davon!« Sie hatte die Hände flehend zusammengefaltet und Tränen füllten ihre Augen. »Bitte Dr. Leptin! Bitte! Sie darf es nicht erfahren! Nicht nach allem, was sie gerade durchmacht! Bitte! Ich sage ihr auch nicht, dass Sie nachts immer wieder aus der Wohnung schleichen, um heimlich zu telefonieren!« Etwas entrüstet trat ich einen Schritt zurück. Mir war nicht bewusst, dass sie mein Verschwinden mitbekommen hatte. Andererseits hätte ich dem Mädchen zig Gründe aufzählen können, die mein Verhalten gerechtfertigt hätten. Doch wie sähe es mit Elena aus? Sie würde es hinterfragen. Allerdings schien sie blind vor Liebe. Ich dachte einen Moment darüber nach und traf dann eine Entscheidung.

»Na schön. Ich behalte dein Geheimnis für mich.«
Eine Träne rann ihre Wange hinunter. Ich hob eine Hand und wischte den Tropfen mit dem Daumen beiseite, ehe ich meine Hand an ihr Gesicht schmiegte und ihren Kopf leicht anhob, sodass sie mir unmittelbar in die Augen sah.

»Keine Sorge. Ich weiß, du hast Angst. Aber wir bekommen das hin.«

Ihr Kinn zitterte unter der Anspannung, die Augen schimmerten hinter dem gläsernen Schleier unsicher durch, ehe das Mädchen vollkommen in Tränen ausbrach und den Kopf senkte. Unschlüssig blickte sie immer wieder zwischen dem Fußboden und mir hin und her, während ihr Gesicht geflutet wurde. Ich legte meine Hand an ihren Hinterkopf und zog sie an meine Brust. Sofort schlang sie die Arme um meinen Torso und vergrub die Fingerspitzen in meinem Rücken. Vorsichtig strich ich über das glatte Haar und atmete tief durch. Wenn ich ehrlich zu mir selbst war, wollte ich in diesem Moment nicht berührt werden. Mein Körper bebte förmlich und in meinen Ohren rauschte das Blut. Vollkommen fassungslos darüber, was Silas diesem unschuldigen Kind angetan hatte, verspürte ich einen unglaublichen Hass auf ihn. Er war zu weit gegangen, viel zu weit. Und Mala war es, die dafür büßen musste.

Das Mädchen hörte nicht auf zu schluchzen, zitterte am ganzen Leib.

»Komm, wir gehen zurück in die Wohnstube.«

Ich schob sie sanft von meiner Brust und legte ihr eine Hand auf den Rücken. Das Gesicht in den Händen vergraben setzte sie langsam einen Fuß vor den anderen. Sie ließ sich auf das Sofa fallen und weinte weiter. Ich griff nach der roten zusammengelegten Decke, die Elena sich beim Fernsehen immer überwarf, und legte sie um Mala. Dann ging ich in die Küche, setzte heißes Wasser auf und holte eine Tasse und einen Teebeutel aus dem Schrank. Während der Wasserkocher lautstark arbeitete, sah ich ins Wohnzimmer hinüber. »*Silas, was hast du nur getan.*« Meine Hand ballte sich zur Faust. Er hatte viele Mädchen umgebracht, mit ihnen zuvor gespielt. Doch Mala hatte keine Erlösung durch den Tod erfahren. Sie musste mit der Schande und den Albträumen leben

»Verdammt, David! Du hättest es verhindern können! Du wusstest, dass Silas sich von den Ketten langsam losgerissen hatte! Warum hast du es nicht eher kommen sehen?« Meine innere Stimme schrie mich an. Ich hatte Schuldgefühle. Es war mein Fehler, den Mala nun ausbaden musste. Genau aus diesem Grund war es auch meine Aufgabe, ihr beizustehen.

Der Wasserkocher klickte und gab mir so zu verstehen, dass ich aufgießen konnte. Ich stellte die Tasse Tee auf den Couchtisch und setzte mich mit etwas Abstand neben Mala. Hinter feuchten Augen sah sie mich kurz an. Ihr Kinn zitterte unnachgiebig. Mitleidig sah ich das Mädchen an.

»Kann ich noch irgendetwas für dich tun?« Sie zuckte mit den Schultern. Dann rückte sie langsam zu mir und lehnte sich an meine Schulter. Ich legte einen Arm um sie und ließ sie weiter weinen.

»Warst du schon bei einem Arzt? Gibt es noch etwas, das ich wissen sollte?«

Ich wusste, dass ihr nicht nach Reden zumute war, doch es gab Dinge, die geklärt werden mussten. Hatte sie Gewissheit oder vermutete sie nur, dass sie bald Mutter werden würde? Als sie vorsichtig nickte, wusste ich nicht, wie ich reagieren sollte.

»Nachdem man mich gefunden hatte«, sagte sie leise und zog die Decke bis zum Mund.

»Und seit wann weißt du es?« Ich rieb mir mit der freien Hand die Schläfe. Diese Information musste selbst ich erst einmal verarbeiten.

»Seit ein paar Wochen. Ich habe mir den Schwangerschaftstest nach der Schule geholt und ihn an einer Tankstelle gemacht, damit Mama es nicht mitbekommt.«

Nun war ich es, der nur nickte. Es war vollkommen normal, dass sie heimlich agiert hatte. Wahrscheinlich wusste Mala nicht einmal, wie sie mit der ganzen Situation umgehen und ob sie das Kind behalten sollte.

Aus dem Flur ertönte ein Geräusch. Die Haustür wurde geöffnet. Es dauerte keine zwei Minuten, bis Elena im Wohnzimmer stand und uns anstarrte. Verwirrt ging ihr Blick zwischen Mala und mir hin und her. Das Mädchen schaute wiederum mich erschrocken an. Panik stieg in ihren Augen auf, als ich nicht reagierte. Elena wollte gerade etwas sagen, als ich die Situation zu erklären begann.

»Mala geht es nicht besonders gut. Sie hat sich mehrmals übergeben. Möglich, dass sie sich einen Magen-Darm-Infekt eingefangen hat. Einen Tee habe ich ihr bereits gemacht, aber vielleicht solltest du sie morgen zu Hause lassen. So was braucht einige Tage.«

»Verstehe. Ja, natürlich. Wenn du als Arzt das sagst.« Sie kam auf uns zu und setzte sich neben ihre Tochter. »Wie geht es dir denn jetzt, mein Schatz? Du siehst furchtbar aus!« Sie strich Mala über das Gesicht. Das Mädchen reagierte nicht.

»Ich weiß, du wolltest mit mir reden, Elena. Aber angesichts der Umstände wäre es wohl besser, wenn ich jetzt gehe. Kümmere dich ruhig um sie. Ich melde mich dann später. Und dir gute Besserung, Mala.«

Ich stand auf, drückte kurz Malas Schulter, nickte Elena mitfühlend zu und verließ die Wohnung, ohne noch einmal zurückzusehen. Bebend vor Wut zog ich die Tür bemüht leise zu und atmete mehrmals tief durch. Ich konnte nicht bei Mala bleiben. Nicht jetzt. Nicht, nachdem ich erfahren hatte, was Silas ihr angetan hatte.

Mit geballten Fäusten ging ich durch das Treppenhaus und an einer älteren Frau vorbei. Sie grüßte mich, doch schaffte ich es nicht, zwischen den aufeinandergepressten Lippen auch nur einen Ton herauszubringen. Als ich an meinem Auto ankam zückte ich die Schlüssel, setzte mich auf den Fahrersitz und hämmerten gegen das Lenkrad. Meine Finger fuhren durch das gekämmte Haar, rauften es, ehe ich erneut auf das Lenkrad einschlug. Es war ungewöhnlich, dass ich derart wütend war. Doch Silas hatte mit seiner Tat nicht nur dem Mädchen geschadet. Auch ich hatte nun ein Problem.

KAPITEL 19

Ziellos fuhr ich durch die Stadt. Der Motor meines Wagens jaulte auf, als ich das Gaspedal wütend durchdrückte und rasant zwischen den Fahrzeugen die Spuren wechselte. Ein Hupkonzert ertönte hinter mir. Wie gern hätte ich eine Vollbremsung vollzogen, wäre ich ausgestiegen, hätte den Kerl in dem blauen Ford am Kragen gepackt, aus dem Auto gezogen und auf die Motorhaube geworfen. Meine Fäuste hätten wie ein Hagelsturm auf sein Gesicht eingeschlagen. Lippen und Nase wären aufgeplatzt und das Blut wäre sein Gesicht hinabgelaufen. Aber es waren zu viele Leute unterwegs. Es war gerade erst früher Abend und die Straßen noch recht belebt.

»*Reiß dich zusammen, David!*«, ermahnte mich meine innere Stimme. Um der Wut nicht nachzugeben, zog ich an weiteren Autos vorbei, überfuhr eine rote Ampel und raste auf die Stadtautobahn. Das einzige, das mir nun helfen konnte, war das Meer. Die kräftigen Winde der Ostsee würden in meine Lungen strömen, sie fluten und die Frustration fortspülen. Warnemünde, noch zwei Kilometer. Bald war ich da. Je weiter ich fuhr, desto voller wurden die Straßen. Natürlich. Die Sonne erhellte den Abendhimmel noch für einige Stunden, die wenigen Wolken strahlten keine Bedrohung aus. Die Promenade und der Strand luden zu Spaziergängen ein.

Nachdem ich den Audi unweit der Bushaltestelle Warnemünde Werft geparkt hatte, machte ich mich auf den Weg. Wie vermutet schlenderten Pärchen, Familien, ältere Männer, jede Art von Mensch durch Warnemünde. Die zahlreichen Fischerboote, die geräucherten Fisch, Garnelen und andere Köstlichkeiten anboten, waren gut besucht. Ich beobachtete ein Kind, das sein Fischbrötchen mit abgeschirmter Hand verbarg, während die großen Möwen auf den Laternenmasten nur darauf lauerten, angreifen zu können. Die angespannten Vögel erinnerten mich an Silas, der ebenfalls nur unter Mühe geduldig auf seine Chance gelauert hatte. Immer wieder hatte er mir damit in den Ohren gelegen und gebettelt, von dem Plan abweichen zu dürfen. Am schlimmsten war die Situation für ihn, als er eine seiner ehemaligen Mitschülerinnen getroffen hatte.

»Ich werde sie betäuben, in meinen Keller schleppen, ausziehen und mein Messer an ihrem Bauchnabel ansetzen. Sie soll sehen, wie die Klinge ihr nacktes Fleisch aufreißt, ehe ich sie bis an ihr Kinn führe. Allein bei dem Gedanken an ihre Schreie, die aufgerissenen Augen und die Verzweiflung in ihrem Blick bekomme ich einen Steifen«, hatte er damals gesagt und die Augen geschlossen. Seine weißen Zähne hatten auf die Unterlippe gebissen und er hatte schwer geatmet. Ich war seiner Fantasie damals gefolgt und hatte die Gänsehaut auf meinen Armen nicht verbergen können. Doch Silas war im Vergleich zu den Möwen nicht mehr da.

Ich befand mich nur wenige Schritte von dem Jungen mit dem Brötchen entfernt. Er hob seine schützende Hand, griff nun mit beiden Händen an das Brot und führte es zum Mund. Wie in Zeitlupe sah ich seine sich hebenden Arme. Just in diesem Moment spannte das Federvieh die Schwingen und stürzte sich hinab. Noch bevor der Fisch die Lippen des Menschenkindes berührte, landete er im Schnabel des Vogels, der sogleich mit einer kräftigen Flügelbewegung emporstieg und auf der nächsten Laterne landete. Er verschlang das panierte Stück und ließ den Kopf dann ruckartig herumschnellen. Der Blick der Möwe fiel auf mich und ich bildete mir ein, dass sie mich fixierte. Die kleinen, knopfartigen, schwarzen Augen funkelten mich an. Für den Bruchteil einer Sekunde schien das Tier mir überlegen. Es war seinen Instinkten, seinem Trieb gefolgt und siegreich gewesen. Wie zum Spott krächzte es, schrie in den Abendhimmel. Ich ballte die Hand zur Faust. Dieser Vogel lachte über mich. Über die Unfähigkeit meine Bedürfnisse zu befriedigen, über die Angst, die durch meinen Körper strömte und die Anspannung, die dadurch entstand.

Plötzlich wurde ich nach vorn gestoßen. Ich federte die ungewollte Bewegung mit einem Ausfallschritt ab und stütze mich gegen das Geländer. Als ich mich umwandte, sah ich eine torkelnde Gestalt an mir vorbeiziehen. Der unverkennbare Geruch nach Alkohol stieg mir sofort in die Nase und weckte Erinnerungen.

»Hey! Passen Sie doch auf!«, schrie ein junger Mann und gestikulierte wild mit der Hand. Der betrunkene Passant schien sich nicht daran zu stören, setzte seinen Weg einfach fort. Ich schluckte meinen Frust hinunter. Vorerst. Langsam folgte ich ihm, bis er sich auf eine freie Bank fallen ließ und den Kopf in den Nacken legte. Der bärtige Mann war wahrscheinlich um die fünfzig, hatte langes, filziges Haar und trug ein schwarzes Basecap. Die dünne Windjacke in Waldgrün hing an seiner Schulter hinab und gab einen Blick auf das darunterliegende Poloshirt frei. Die Gesamterscheinung des Mannes verwirrte mich. Er sah ungepflegt aus, doch seine Kleidung war eindeutig nicht billig. Womöglich hatte er einige Nächte durchgezecht und war auf dem Heimweg. Ich beschloss, mich nicht weiter mit ihm zu befassen, und ging ohne einen weiteren Halt bis hinunter an den Strand.

Die raue See schlug Wellen, die am Ufer brachen und zurück ins Meer verliefen. Meine Schuhe kämpften sich durch den lockeren Sand, weg von den Leuten, die darauf warteten, den Sonnenuntergang am Horizont bestaunen zu können. Ich wusste nicht, wie lange ich unterwegs war. Meine Gedanken hatten die Außenwelt abgeschottet. Sie kreisten um Silas' Opfer, seine Mordlust, Mala. Irgendwann blieb ich einfach stehen, atmete die frische Meeresbrise tief in die Lungen und schloss die Augen. Wie sollte ich Ruhe finden? Es waren zu viele Dinge, die mir durch den Kopf gingen. Alles hatte eine Wendung genommen, mit der nicht gerechnet hatte, die meine Pläne über den Haufen warfen. Und dann war da noch dieses Arschloch, das sich an einem kleinen Mädchen aufgeilte.

»Aaah! Hilfe!«, ertönte ein Schrei und ließ mich aufhorchen. Es schien nicht weit von mir entfernt gewesen zu sein. Suchend glitt mein Blick über das Meer, das Ufer, bis hinauf zu dem Waldesrand, der am Strand entlangführte. Mittlerweile hatte sich der Himmel dunkelrot gefärbt und erhellte die Umgebung nicht mehr ganz so stark, weswegen ich Mühe hatte, zwischen die Bäume zu sehen. Erneut erklang ein schriller Hilferuf, dann ein Kreischen. Ohne einen weiteren Gedanken zu verschwenden, lief ich in den Wald. Es dauerte nicht lange, da erkannte ich zwei Silhouetten in einem Gebüsch. Der Mann schrie auf, als die junge Frau ihm in die Hand biss und sich loszureißen versuchte, doch sein Griff schien sie wie ein Schraubstock fixiert zu haben. Rasch lief ich zu ihnen.

»Au! Was soll das?«, fauchte er und erhob die Hand gegen die am Boden liegende und wild um sich schlagende junge Frau. Gerade noch rechtzeitig packte ich seinen Arm und riss ihn zurück. Mit einem lauten, aufheulenden Schrei rollte er sich im Dreck hin und her, hielt unter schmerzverzerrtem Gesicht die Schulter. Das schwarze Basecap war von seinem Kopf gefallen und gab eine lichte Stelle an seinem Hinterkopf frei.

»Scheiße! Sie ist ausgekugelt! Argh! Mist!«

»Ist alles in Ordnung?«, fragte ich an die Frau gewandt, die langsam aufstand, den Blick dabei jedoch nicht von ihrem Angreifer abwandte. Als dieser ebenfalls auf die Knie ging und sich aufzurichten begann, wich sie einige Schritte zurück. Der Mann schien mich zu ignorieren, funkelte sie nur unentwegt an. Ich erkannte, dass es der Säufer von vorhin war. Der Alkohol schien ihm noch in den Knochen zu stecken und ließ ihn schwerfällig hin und her taumeln. Um nicht umzukippen, versuchten seine Füße, eine Position zu finden, in der das Gleichgewicht aufrechterhalten werden konnte, doch der schwankende Oberkörper machte es ihnen nicht leicht.

»Du kleine Schlampe«, sagte er leise und spuckte auf den Boden. Dann ging er mit raschen Schritten auf sie zu. Noch bevor er sie erreichte, stellte ich mich zwischen die beiden.

»Wer bist du denn? Verpiss dich! Die Kleine gehört mir!«

Wortlos sah ich über meine Schulter zu der verängstigten Frau. Sie war vermutlich in den Zwanzigern, trug ein dunkles Oberteil, darüber eine Jeansjacke, dazu eine passende Hose, die hauteng an ihren Schenkeln klebte. In ihrem Gesicht erkannte ich Panik. Nervös sah sie zu mir und wich weiter zurück.

»Verschwinde«, sagte ich ruhig an sie gewandt.

Ihr Blick wanderte zu ihrem Angreifer, dann zu mir.

»Hau ab!«, schrie ich nun.

Sie fuhr zusammen, sprintete dann allerdings in den Wald.

»Was soll das? Spinnst du?! Was willst du überhaupt?« Die Fahne des Mannes stieg mir in die Nase und ließ das Blut in meinen Adern pulsieren.

»Tut mir leid«, sagte ich leise und spürte mein Herz bis zum Hals schlagen. Wenn es eine Möglichkeit gab, meinen Kopf von den vielen Gedanken zu befreien, dann war es diese.

»Hä?« Er riss die Augen weit auf, als er meinen Arm hochschnellen sah, reagierte jedoch zu langsam.

Meine Finger vergruben sich in den verfilzten Haaren an seinem Hinterkopf, packten fest zu und schleuderten den Kopf gegen einen Baumstamm. Unter einem Aufschrei fiel der Typ zu Boden. Er stöhnte, als ich mich über ihn beugte, seine Jacke packte, den Körper anhob und ihm direkt in die Augen sah. Während der Gestank nach billigem Alkohol wie eine unsichtbare Wolke um uns herum schwebte, verschwamm sein Gesicht und zeigte mir die ekelhafte Fratze meines Vaters.

»Bitte! Lass mich gehen!«, flehte er mich an. Doch leider war er zur falschen Zeit am falschen Ort. Es knackte, als meine Faust seinen Kiefer brach. Der Mann schrie auf, doch noch bevor seiner Kehle ein weiterer Ton entweichen konnte, schlug ich ihm gegen den Kehlkopf. Er hielt die Hand der nicht ausgekugelten Schulter an den Hals und rang nach Luft. Ich ließ los und er landete unsanft auf dem Boden, während er weiterhin hustete. Mein Atem ging schwer, während ich mich abwandte und mir durch die Haare fuhr.

»Aaah!«, ein heiseres Krächzen hinter mir, ließ mich zurücksehen. Der Kerl war aufgestanden und in Richtung Strand gelaufen. Sofort nahm ich die Verfolgung auf, doch es war mir ein Leichtes die torkelnde Gestalt einzufangen. Ich warf mich auf ihn, drehte ihn auf den Rücken und ließ meine Fäuste sein Gesicht bearbeiten. Blut spritzte auf meine Kleidung, an meine Wange, versickerte im umliegenden Sand. Als ich stoppte und aufstand, wandte er das Gesicht zur Seite und spuckte Blut. Der Mann rollte sich auf den Bauch und versuchte unter letzter Anstrengung von mir wegzukriechen.

»Wie jämmerlich«, sagte ich und griff nach seinen Beinen. Die Knöchel des Mannes fest im Griff zog ich ihn bis zum Ufer des Wassers.

»Nei! Nei! Bihe! Nih!«, nuschelte er und sah mir unter Tränen in die Augen, als ich ihn ins Wasser geschliffen hatte. Sein Körper trieb unter mir im Wasser, während ich ihn am Kragen gepackt festhielt.

»Noch ein paar letzte Worte?«, fragte ich und sah ihn erwartungsvoll an.

»Sie werhen dih krien«, sagte er leise und todernst. Alle Angst war aus seinem Gesicht gewichen. Es war, als hätte er sein Schicksal augenblicklich akzeptiert.

»Heute nicht.« Ich grinste und drückte seinen Kopf unter Wasser. Die Beine traten wild um sich, während sein gesunder Arm immer wieder gegen meine Rippen schlug. Blasen stiegen auf, mischten sich zusammen mit Blut unter die Gischt der Wellen. Er dauerte keine Minute, bis der Körper des Betrunkenen reglos unter mir im Wasser trieb.

Ich spürte, wie mein Herz langsamer schlug, das Rauschen in meinen Ohren verstummte und sich jede Gliedmaße meines Körpers entspannte. Wie hatte mir das gefehlt. Dieses Gefühl der Macht.

Ich zog dem Leichnam die Schuhe aus, warf sie ans Ufer und schob den reglosen Körper weiter, bis ich bis zur Brust im Wasser stand. Er trieb im Takt der Wellen. Das dunkle Haar schwebte um das blasse Gesicht und die Arme ruhten neben dem Torso.

Ehe ich aus dem Wasser kam, sah ich mich das erste Mal um. Es ärgerte mich, dass ich so leichtsinnig gehandelt und ihn einfach zum Meer geschliffen hatte, ohne die Umgebung vorher zu observieren, doch zu meinem Glück war niemand in Sichtweite. Nachdem das Adrenalin meinen Körper nicht mehr durchströmte, begab ich mich zurück ans Ufer. Die Wellen klatschten gegen meinen Rücken und erst jetzt wurde mir bewusst, wie kalt das Wasser war.

Die nasse Kleidung klebte wie eine zweite Haut an mir und ließ mich frösteln. Obwohl mir kalt wurde und ich wusste, dass es zu riskant war, länger als nötig an diesem Ort des Geschehens zu verweilen, nahm ich mir einen Moment und sah noch einmal zurück zu der blassen Gestalt, die etwas weiter entfernt im Wasser trieb.

»Wahrscheinlich hast du recht«, sagte ich ruhig. »Irgendwann werden sie auch mich fassen. Doch bis es so weit ist, habe ich noch etwas zu erledigen. Das schulde ich Daria.«

KAPITEL 20

Tiefe Entspannung breitete sich in meinem Körper aus, als ich im stockdunklen Flur meiner Wohnung hinter der geschlossenen Tür verharrte. All der Frust, die Wut auf Silas und auf mich selbst war verflogen. Zumindest vorerst.

Meine noch immer nasse Kleidung hinterließ eine Pfütze auf dem Laminat. Rasch ging ich ins Bad, um mich der Kleider zu entledigen. Als ich das Jackett auf den Rand des Waschbeckens legte, fiel ein Gegenstand zu Boden. Es war mein Handy.

»Verdammt. Das hat mir gerade noch gefehlt«, fluchte ich, als ich das feuchte Display begutachtete. In meinem Eifer hatte ich vergessen, das Smartphone aus der Tasche zu nehmen, ehe ich den Typen ins Wasser schleifte. Die Rechnung war ein defektes Mobiltelefon. Noch immer in der aufgeweichten Hose steckend, ging ich in die Küche, griff nach einer leeren Schale und füllte sie mit trockenem Reis, den ich mir eigentlich zum Abendbrot kochen wollte. Das Gerät vergrub ich darin. Soweit es mir bekannt war, bestand eine Möglichkeit, dass der Reis dem Handy die Feuchtigkeit entzog und es wieder zum Laufen brachte, allerdings gab es dafür keine Garantie.

Das Hemd zog ich noch im Gehen aus, ebenso meine Hose und Unterwäsche. Die nasse Kleidung legte ich in das Waschbecken und stellte mich unter die Dusche. Ich genoss das heiße Wasser, das aus dem Duschkopf strömte und die wenigen Sandkörner von meinem Körper spülte. Als ich an mir hinabsah, fielen mir die wunden Fingerknöchel auf. Meine Triebe hatten darauf gebrannt, sich durchzusetzen. Triebe. Andere würden wohl innere Dämonen sagen. Aber war es falsch, seinen angeborenen Instinkten zu folgen? Während die Tropfen in die Tiefe fielen, erinnerte ich mich an eine Unterhaltung während des Studiums.

»Ich denke nicht, dass Menschen erst im Laufe ihres Lebens böse werden«, hatte ich meinem damaligen Psychologieprofessor widersprochen.

»Wie kommen Sie darauf?« Professor Doktor Ladewich war ein in die Jahre gekommener, alter Kauz mit einigen Eigenarten gewesen. Jedes Mal, wenn er nachdachte, schob er seine Lippen nach vorn, als würde er eine Schnute ziehen, während seine Daumen wie ein Windrad rotierten. Zudem unterbrach er gelegentlich seine Monologe, um leise vor sich her zu summen, ehe er weitersprach. Dennoch war er ein kluger Kopf und stets bemüht, seine Studenten nicht dumm sterben zu lassen.

»Die Bösartigkeit ist in den Menschen verankert. Sie besteht von Anfang an und entfaltet sich bei einigen nur langsamer als bei anderen. Nehmen wir zum Beispiel den Neid. Du da!« Ich deutete auf ein junges Mädchen mit rötlichen Haaren, die zu einem Pferdeschwanz gebunden waren. Sie saß nur wenige Reihen vor mir. Verdutzt schaute sie zu mir, als sie alle Blicke auf sich spürte. »Du beobachtest die ganze Zeit über die Turteltäubchen in der Ecke. Ja, genau die.« Der unübersehbare Sportler ließ von der spindeldürren Diva neben ihm ab und rutschte auf den Rand seines Stuhls. Es war ihm sichtbar unangenehm, dass auch er nun alle Aufmerksamkeit hatte. »Ich könnte wetten, dass dein Kopf die fiesesten Gedanken beherbergt. So wie du ihn angaffst, stehst du auf ihn und würdest das Mädel am liebsten bei den Haaren packen und aus dem Hörsaal zerren, hab' ich recht? Mein Freund hier«, ich klopfte meinem Banknachbarn auf den Rücken, »wäre mit Sicherheit gern auch nur ansatzweise so vermögend wie der Kerl eine Reihe vor ihm mit seinen Markenklamotten und der Rolex. Und eine weitere Sache sollten nun all die Personen, die ich eben beispielhaft nannte, gemeinsam haben. Sie werden mich in genau diesem Moment hassen. Ich habe sie bloßgestellt, eventuell falsch eingeschätzt. Und nun denken sie, dass jeder in diesem Raum eine Meinung über sie hat. Sehen Sie was ich meine, Herr Professor?« Ich sah ihn fast schon triumphierend an. Er nickte nur und kratzte sich am Kinn.

»Jeder ist in der Lage einen Menschen zu hassen, selbst wenn es nur für den Bruchteil einer Sekunde ist. Sie wünschen anderen schlimme Dinge, malen sich aus, was sie mit ihnen tun würden. Es ist eine angeborene Boshaftigkeit. So wie damals, als man uns als Kind das liebste Spielzeug nahm, weil ein anderes Kind damit spielen wollte. Sicherlich war es kein Hass, aber aus der damals empfundenen Missgunst keimte der erste Schritt in diese Richtung.«

»Sie denken also, dass wir böse geboren werden und jeder Mensch diese furchtbaren Gedanken an böse Dinge von Geburt an besitzt, diese sich jedoch nicht in jedermanns Kopf gleichschnell ausbreiten?«

»Exakt.«

»Junger Mann, wie hießen Sie noch gleich?«

»Leptin, Professor Doktor Ladewich. David Hendrik Leptin.«

Nach der Vorlesung erntete ich zwar enorm viele böse Blicke, doch die Anerkennung des Dozenten war mir ebenso sicher. Er lud mich auf ein Mittagessen ein und fragte mich erneut nach meiner Ansicht.

»Sagen Sie David, das was Sie da im Hörsaal gesagt haben. War das nur, um meine Aufmerksamkeit auf sich zu ziehen, oder meinten Sie das so?« Er ließ vier Stück Würfelzucker in seinen Kaffee fallen und rührte anschließend mit dem Teelöffel in der braunen Brühe.

»Natürlich meinte ich das so.«

»Hm. Demnach wären auch Sie böse. Richtig?«

Ich nickte und zupfte an dem Teebeutel in meiner Tasse.

»Und gehören Sie zu der Sorte, die ihrer … nun, nennen wir sie dunklen Seite eher früher begegnet sind, oder wird sie sich erst noch entfalten?«

»Dunkle Seite?« Ich lachte auf. »Ich würde es eher als eine Art Trieb bezeichnen. Seit jeher jagt der Mensch. Er tötet. Um zu überleben und aus Instinkt.«

»Der Instinkt entsteht doch aus dem Drang zu überleben«, unterbrach der Alte meine Erklärung. Doch ich schüttelte nur den Kopf.

»Glauben Sie wirklich, dass Personen wie Jack the Ripper oder Ted Bundy getötet haben, weil sie ihr eigenes Leben sichern wollten? Es war viel mehr ein inneres Verlangen, der Durst nach Blut, nach den stummen Schreien, die die Augen der Opfer ausstießen, als sie ihr Ende kommen sahen.« Meine Hände zitterten vor Erregung und ich verbarg sie im Schoß, als mein Professor die Aufregung bemerkte.

»Sie scheinen sich mit dem Thema recht gut auszukennen. Recherche … oder doch Erfahrung?«

»Ich lese einfach viel. Wussten Sie zum Beispiel, dass es eine Art Rangliste über die Berufe von Psychopathen gibt?«

»Sie meinen, welchen Beruf die meisten Serienkiller ausgeführt haben?« Er rührte erneut in seinem Kaffee.

Ich nickte aufgeregt. »Ja, genau die. Und wissen Sie auch, welche Berufe sie beinhaltet?« Als er nicht antwortete, fuhr ich in meinem Übereifer fort. »Nun, da sind Köche, vermutlich haben Psychopathen dieses Berufes einen Hang zum Kannibalismus. Oder die Neugierde des Geschmackes von Menschenfleisch treibt sie an. Aber welches Motiv haben Beamte? Frustration? Und wie sieht es aus bei Journalisten und Anwälten? Es sind noch einige andere Berufe darunter, aber am interessantesten finde ich, dass Geistliche und Polizisten dazu neigen, Psychopathen zu werden. Ein Mann der Kirche befolgt die Leitsätze der Bibel und dort steht, dass man nicht töten soll. Dennoch werden viele Priester grausame Monster und vergehen sich an unschuldigen Kindern. Unsere Ordnungshüter von der Polizei hingegen haben wahrscheinlich zu viel Überwasser. Sie haben die Macht, das passende Werkzeug. Warum sollten sie also nicht richten?«

»David, ich hoffe, sie steigern sich da nicht in etwas hinein. Diese Liste ist eine Erfindung der Presse, ein Versuch mit Statistiken zu erklären, weshalb Menschen bestimmter Laufbahnen dazu neigen, Psychopathen zu werden. Aber denken Sie nur an all die anderen Polizisten oder Priester, die niemandem unrecht tun. Die ihrem Job nachgehen und ihn gewissenhaft vollziehen.«

»Sie sind Gefangene«, sagte ich leise und nippte an meinem Tee.

»Wie bitte?«

»Diese anderen sind Gefangene ihrer selbst. Der Mensch muss seinen Trieben folgen, um frei zu sein. Wer diese unterdrückt, kann niemals glücklich werden. Ein erfülltes Leben ist nur denen vergönnt, die ihren Gelüsten Folge leisten und tun, was ihr Instinkt von ihnen verlangt.«

»Von welchen Trieben reden Sie?«

»Über den Drang, einem Konkurrenten eine Kugel durch das Herz zu jagen, um Macht zu erlangen.«

Der Professor antwortete nicht, führte nur die Tasse zum Mund.

»Es gibt nicht viele Geräusche, die das Herz eines jeden höherschlagen lassen. Doch das Knacken, wenn dem Feind das Genick bricht, gehört definitiv dazu.«

Von da an war Ladewich ruhig. Ich hatte gespürt, wie unwohl er sich in der Situation gefühlt hatte. Hatte gesehen, wie sein Gehirn gearbeitet und er den Blickkontakt gemieden hatte. Psychologie war sein Spezialgebiet gewesen. Es war durchaus möglich, dass er schon damals erkannt hatte, wie anders ich war. Doch das erfuhr ich niemals.

Ich warf den Kopf in den Nacken und strich die nassen Haare aus dem Gesicht. Ein Schmunzeln lag auf meinen Lippen. Was für ein Hitzkopf ich damals doch war. Ein Grünschnabel, der vielleicht drei Personen getötet hatte. Doch das Gefühl der Überlegenheit hatte mir Flügel verliehen und ließ mich alles mit anderen Augen sehen. Ich glaubte, das ultimative Böse zu sein. Ein Jungstudent, der Kommilitonen erstach, ein Kind, das seinen Vater richtete. Meine Mutter sah mich als Ausgeburt des Teufels, verstand meine Beweggründe nicht. Doch in jedem Mord lag ein Sinn.

Die versuchte Vergewaltigung des Mannes im Wald an der jungen Frau rechtfertigte seinen Tod, war doch allein der Gedanke an seine Absicht in meinen Augen Grund genug, um ihn von dieser Welt zu verbannen.

Marlon Claasen hingegen würde ein anderes Ende erwarten. Er sollte leiden, sich wünschen, dass er niemals auch nur ein Kind angesehen hätte. Er sollte mein nächstes Opfer sein. Und bis ich ihn in die Finger bekam, wetzte ich meine Messer.

KAPITEL 21

Es war fast zehn, als ich aus meinem tiefen Schlaf erwachte. Die Fingerknöchel schmerzten und erinnerten mich an die vergangene Tat. Ob die Polizei den Mann schon gefunden hatte?

Ich beschloss ohne Frühstück hinauszugehen. Ein kurzer Spaziergang zur Apotheke, vielleicht eine Wundheilsalbe und anschließend ein heißer Kaffee. Das würde mir den Start in diesen Samstag versüßen. Während meine Füße wie von allein in Richtung Rostocker Hof wanderten, rieb ich mir unentwegt die Augen. Sie brannten, obwohl ich mehr als genug geschlafen hatte. Durch schmale Schlitze sah ich in die vielen Gesichter der Familien, die wie immer zeitig die Innenstadt aufsuchten. Die Geschäfte waren noch keine halbe Stunde geöffnet, da standen Menschen an den Kassen bereits Schlange. Auch die Apotheke im Rostocker Hof war gut besucht. Vor mir stand ein junges Mädchen, das nervös die Finger knetete. Als sie an der Reihe war, konnte ich sie deutlich mit zittriger Stimme die *Pille danach* verlangen hören. Sofort dachte ich an Mala. Hätte man sie früher gefunden und hätte sie die Möglichkeit gehabt, rechtzeitig zu reagieren, wären wir wahrscheinlich nicht in einem solchen Schlamassel. Wie würde sie sich überhaupt entscheiden? Behielt sie das Kind? Oder dachte sie an Abtreibung? Es wäre mehr als verständlich. Von einem Monster vergewaltigt und zudem noch schwanger. Im schlimmsten Fall glich das Kind Silas wie ein Ei dem anderen.

»Hallo«, sagte eine freundlich lächelnde Frau und winkte mir zu.

Ich trat zu ihr, grüßte sie und erkundigte mich dann nach einer bestimmten antiseptischen Salbe. Während sie das System durchforstete, musterte ich die gerötete Haut um meine offenen Knöchel. Sie waren in der Nacht kaum geheilt und brannten nach wie vor.

Die Apothekerin reichte mir die Packung, nahm den Geldschein entgegen und bedankte sich für den Einkauf. Es schienen noch mehr Menschen als vorher anzustehen, doch schenkte ich ihnen keine Beachtung, bis mich jemand am Arm berührte.

»David?« Elena sah mich verwundert an.

Verdammt. Rostock war wirklich ein Dorf.

»Was machst du hier?«, fragte sie und sah auf die Salbe in meiner Hand.

»Ich brauchte nur etwas für meine rauen Hände. Und du? Solltest du nicht arbeiten?«, fragte ich und schob die Hände rasch in die Hosentaschen.

Elena schüttelte nur den Kopf. »Ich hatte vor Ewigkeiten Urlaub eingereicht und den habe ich jetzt. Der Zeitpunkt ist leider mehr als ungünstig. Eigentlich hatten die Mädchen und ich geplant, ins Legoland zu fahren oder in einen anderen Freizeitpark. Aber nun ist Mia bei ihrem Vater und Mala ohnehin nicht in der Stimmung.«

»Verstehe. Wie geht es Mia?«, fragte ich und ging mit Elena einige Schritte weiter, als der nächste Kunde aufgerufen wurde.

»Es wird. Sie gewöhnt sich langsam daran, dass ihr Vater sich um sie kümmert. Tom hat sogar eine Tagesmutter für sie gefunden. Ich hoffe nur, dass wir dieses pädophile Schwein bald finden, damit mein kleiner Engel wieder zu mir kann. Aber bis dahin möchte ich sie in Sicherheit wissen.«

»Und Mala?« Noch während ich meine Frage aussprach, drehte sich mein Magen fast um. Wieder überkam mich dieses Gefühl von Verantwortung und Schuld.

»Ich glaube, es hat sie ganz schön erwischt. Sie ist nur am Spucken, verkriecht sich im Bett und will nicht essen. Aber immerhin scheint sie ihren Panzer langsam abzulegen.«

»Wie meinst du das?«

»Bevor sie diese Tortur durchmachen musste, kapselte sie sich mit jedem Tag weiter von mir ab. Ich wusste teilweise gar nicht mehr, wo sie sich aufhielt. Aber mittlerweile kommt sie sogar in mein Bett und möchte sich an mir wärmen, sucht Nähe. Manchmal versucht sie ein Gespräch aufzubauen.«

»Wieso sagst du, dass sie es nur versucht?«

»Irgendetwas blockiert sie noch. Es bleibt bei einem oder zwei Sätzen. Aber sobald ich nachfrage, wird sie stumm. Wahrscheinlich ist sie noch nicht bereit, mit mir über alles zu reden. Aber es geht bergauf. Der Urlaub könnte also doch etwas Gutes haben. Und so gemein es klingt, aber wahrscheinlich ist es auch besser, dass Mia gerade nicht zuhause ist. So kann ich mich ganz auf Mala konzentrieren und ihr die Aufmerksamkeit geben, die sie benötigt. Das hätte ich schon viel früher machen sollen.« Elena senkte den Blick, mühte sich danach jedoch ein Lächeln ab. Ich sagte nichts.

Elena kaufte für Mala diverse Medikamente, wobei ich ihr immer wieder andere empfahl, von denen ich wusste, dass sie die Schwangerschaft nicht allzu sehr beeinträchtigen würden. Die Apothekerin musterte mich zwar, als ich die Frau an meiner Seite immer wieder in ihrer Bestellung ausbremste, mischte sich jedoch nicht weiter ein.

Als wir den Rostocker Hof verließen, passierten wir einen kleinen Ständer mit Zeitungen.

»Immer diese Aasgeier von Journalisten«, fluchte Elena und hob eine aus dem Gestell.

Ich sah ihr über die Schulter und las die Schlagzeile. *Lothar Reckling tot aus Ostsee geborgen. War es Suizid?* Neben einem abgedeckten Körper, der im Strandsand lag, wurde das Gesicht des Mannes in Passbildformat abgelichtet. Auf dem Foto sah er gesünder, gepflegter aus. Die Haare waren modisch gestylt, das Gesicht glattrasiert und sein Lächeln hätte aus einer Zahnarztwerbung stammen können. Der Säufer von gestern hatte mit dieser Person wenig gemein.

»Suizid. So ein Schwachsinn. Die Leute gucken eindeutig zu viel Fernsehen. Nur weil die Schuhe des Mannes am Strand lagen und er sonst angezogen war, vermuten die Unwissenden sofort, dass er sich umbringen wollte. Aber dass sein Gesicht einem Boxsack glich, entgeht ihnen.« Sie legte die Zeitung zurück und nahm meine Hand. Die Wut wich aus ihrem Gesicht, als sie mir in die Augen sah.

»Ich hoffe, es war ok, dass ich mich gestern nicht mehr bei dir gemeldet habe? Der da hat mich leider davon abgehalten und als ich dann endlich daheim war, wollte ich nur noch schlafen.« Sie deutete mit dem Kopf in Richtung des Artikels.

»Ja, alles in Ordnung. Du hättest mich vermutlich ohnehin nicht erreichen können. Ich habe es leider geschafft, mein Handy ins Waschbecken fallen zu lassen.«

»Oje. Hast du einen Ersatz? Ich kann Mala sonst fragen, ob sie noch ein Smartphone übrighat. Sie wechselt ihre Telefone wie andere ihre Unterwäsche.«

»Ich habe es trockengelegt und hoffe, dass es noch funktioniert. Ansonsten komme ich gern darauf zurück. Danke dir.«

Wir sahen uns stumm in die Augen. Gerade, als Elena sich vorbeugte und mich küssen wollte, ertönte eine laute Stimme.

»Sie sind das! Was für ein Zufall, dass ich Sie ausgerechnet hier treffe!« Ich erkannte die Jeansjacke sofort. Es war die junge Frau, der der Mann, den ich nun dem Namen Lothar Reckling zuordnen konnte, an die Wäsche wollte. Ich ahnte, worauf das Gespräch hinauslaufen würde und bemerkte Elenas fragende Miene.

»Entschuldigung, ich denke, sie verwechseln mich.«

»Ach, jetzt haben Sie sich doch nicht so. Ohne Sie hätte er …«

»Verdammt! Darf ich kurz dein Telefon benutzen? Ich habe ganz vergessen, einem Bekannten von mir abzusagen.«

Ich stellte mich mit dem Rücken zu der jungen Frau und hielt Elena an den Schultern. Verblüffte sah sie mich an, zückte jedoch das Smartphone aus ihrer Handtasche und reichte es mir. Ich bedankte mich, sagte der Frau, dass sie sich wirklich getäuscht haben musste, und trat einige Schritte beiseite. Die Frau in der Jeansjacke zuckte nur mit den Schultern und ging.

Elenas Smartphone in der Hand durchsuchte ich das Internet nach der Nummer des Privatdetektives und rief ihn an. Es klingelte ungefähr vier Mal, ehe er sich mit rauer Stimme meldete.

»Weisner?«

»Guten Tag Herr Weisner. Dr. Leptin hier. Entschuldigen Sie bitte. Ich wollte mich gestern noch bei Ihnen melden, aber es kam etwas dazwischen. Sie wollten mir Ihre Erkenntnisse mitteilen?«

»Dachte schon, Sie rufen gar nicht mehr an«, sagte er und ließ seinen Missmut deutlich durchklingen. »Ja, ich habe den Typen gefunden.«

»Das klingt fabelhaft. Wäre es in Ordnung, wenn ich zu Ihnen komme? Ich würde gern noch etwas anderes mit Ihnen besprechen.«

»Heute? Es ist Samstag. Ich hab' auch mal frei, wissen Sie?«

»Natürlich. Und wenn ich noch mehr zahlen würde?«
Der alte Mann überlegte kurz, ließ sich jedoch breitschlagen. Er teilte mir seine Privatadresse mit und meinte, dass ich sofort kommen solle, ehe er es sich anders überlege.

»Hast du ihn erreichen können?«, fragte Elena, als ich ihr das Handy zurückgab. Den Anruf hatte ich zuvor aus ihrer Liste gelöscht.

»Ja, ich treffe ihn jetzt sofort. Er ist ein alter Freund und ich habe ihn Ewigkeiten nicht gesehen. Normalerweise wohnt er im Ausland. Entschuldige bitte, dass ich nicht mehr Zeit habe.«

Ich nahm ihre Hand und küsste sie. Plötzlich nahm sie die meine und berührte dabei die wunden Knöchel. Ich verzog kurz den Mund, fing mich jedoch schnell wieder. Doch nicht schnell genug für Elenas Augen. Sofort drehte sie meine Handrücken nach oben und betrachtete das rosafarbene Fleisch.

»Was ist das denn?«

»Nichts weiter. Ich wollte etwas in meiner Wohnung umräumen und bin abgerutscht. Deswegen brauche ich ja die Salbe. Ich muss jetzt los. Wir sehen uns.«

Rasch gab ich ihr einen Kuss, um ihre Gedanken beiseite zu wischen, doch sie wandte den Kopf zur Seite, wirkte reserviert. Der verträumte Blick, den die blonde Frau in meiner Gegenwart sonst hatte, ebenso wie das Dauergrinsen eines verliebten Teenagers, waren gewichen und sie ähnelte wieder mehr der Polizistin, die ich bei unserem ersten Treffen in meiner Praxis vor mir gehabt hatte. Ohne ein weiteres Wort zu sagen, entfernte ich mich. Doch mein Kopf sagte mir, dass ich einen Fehler gemacht hatte und der schlafende Hund nun geweckt war.

KAPITEL 22

Ich parkte den Wagen etwas von der Wohnung des Detektives in der Nobelstraße entfernt. Bevor ich ausstieg, warf ich einen Blick in den Rückspiegel und wartete einige Minuten. Es beunruhigte mich, dass Elena die Fährte aufgenommen haben könnte. Bisher war ich sicher gewesen, dass sie blind vor Liebe durch die Welt gegangen war, und ich vor ihren Augen hätte töten können, ohne dass sie es mitbekommen hätte. Doch das war nun vorbei.

Als ich sicher war, dass mich niemand beobachtete, stieg ich aus, überquerte die Straße, und ging zu dem sanierten Mehrfamilienhaus. Die Rückseite war von zahlreichen Balkonen verziert, deren verglaste Fronten die Sonne unangenehm reflektierten. Ich kniff die Augen zusammen, um wenigstens einen kurzen Blick auf die Personen zu erhaschen, die ihrem Vitamin-D-Spiegel etwas Gutes tun wollten. Ein älteres Pärchen im untersten Stockwerk schien an einem Tisch zu sitzen und zu frühstücken, während schräg darüber ein junger Mann, der kein Oberteil trug, telefonierte. Ein Stück weiter links stand ein älterer Herr im Bademantel auf seinem Balkon und zog an seiner Zigarette. Ob dies Herr Weisner war? Ich begab mich zur Vorderseite des Gebäudes und suchte mit den Augen die Klingelschilder ab. Dabei glitt mein Finger über das Plastik. Als ich seinen Namen entdeckte, klopfte ich zweimal triumphierend gegen das Schild und betätigte dann die Klingel. Es läutete hörbar im Inneren des Gebäudes, er konnte also nicht allzu weit oben wohnen.

»Ja?«, meldete sich die mir mittlerweile bekannte Stimme.

»Leptin hier«, sagte ich knapp und wartete darauf, dass mir ein Surren zu verstehen gab, dass die Tür sich öffnen ließ. Doch es geschah nichts. Ich überlegte, ob ich ein zweites Mal klingeln sollte oder vielleicht einige Schritte zurücktreten musste, damit er sich durch das Fenster zunächst ein Bild von mir machen konnte, als die Tür plötzlich aufgerissen wurde. Unmittelbar vor mir stand ein kräftiger Mann, ungefähr in meiner Größe und mit einer Zigarre im Mundwinkel.

»Tach, Weisner«, sagte er und reichte mir dir Hand. Der Detektiv hatte einen Griff wie ein Schraubstock, erstaunlich kräftig für sein fortgeschrittenes Alter. »Dann kommen Sie mal mit.«

Ich folgte ihm in die Hochparterre-Wohnung durch die Tür auf der rechten Seite.

»Schuhe können Sie anlassen.« Er ging durch den karg ausgestatteten Flur in das Zimmer gegenüber dem Wohnungseingang. »Nehmen Sie Platz. Wollen Sie einen Kaffee?«

»Nein danke. Ich bleibe nicht lange«, antwortete ich und setzte mich auf einen Polsterstuhl, der gegenüber einem Schreibtisch stand. Das Erste, was mir auffiel, war der volle

Aschenbecher auf der Arbeitsfläche, direkt neben diversen Unterlagen.

»So. Marlon Claasen. Besonders viele Informationen hatten Sie ja nicht für mich, aber dieses Tattoo am Unterarm war Gold wert. Ich habe seine Adresse ausfindig gemacht. Er wohnt in der Malchiner-Straße in Lichtenhagen. Schauen Sie mal. Ist er das?« Weisner schob mir eine Mappe mit Fotos zu.

Bereits auf dem ersten Bild war das auffällige Tattoo am Unterarm zu sehen. Marlon Claasen hatte lockiges, rötliches Haar und war sehr hellhäutig. Auf dem Bild trug er eine dunkle Jacke, deren Ärmel er etwas nach oben geschoben hatte. Dazu eine graue Jeans und Stiefel, hielt das Handy in der Hand und schaute genervt drein.

»Ja, das sollte er sein«, sagte ich und nickte dem Detektiv zu.

»Hab nichts anderes erwartet. Aber sicher ist sicher. Es gibt da noch mehr, was ich herausgefunden habe. Interessieren Sie weitere Details oder hat es sich mit der Adresse erledigt?«

Ich hörte, was er sagte, doch fühlte ich mich nicht in der Lage zu reden. Das, was ich auf dem zweiten Foto sah, zog meine Aufmerksamkeit zu sehr auf sich. Es war Sophie Grune, die Ärztin, mit der ich früher des Öfteren ein Stelldichein gehabt hatte. Sie lief neben Marlon Claasen, hatte sich bei ihm eingehakt.

»Dr. Leptin?«

»Ja, Verzeihung. Was haben Sie noch herausgefunden?«
Etwas missmutig verzog der alte Mann das Gesicht und
kratzte sich am Hinterkopf.

»Der Typ hat einen äußerst interessanten Geldfluss auf seinem Konto. Hier, sehen Sie sich das Mal an.«

Nur zögerlich schob ich Sophies Foto beiseite und widmete mich den Kontoauszügen. Herr Weisner hätte nicht
weiterreden müssen. Ich sah sofort, was er meinte.

»Schauen Sie, hier. Und hier. Und dort noch einmal. Immer
wieder hat er größere Summen an die gleiche Firma überwie-
sen. Meine Recherche hat ergeben, dass es sich um eine
Bankverbindung handelt, die Bitcoins verkauft. Bitcoins
sind …«

»Das ist eine digitale Währung, die nur schwer zurückver-
folgt werden kann. Ich weiß«, beendete ich seinen Satz und
sah mir den nächsten Kontoauszug an. Marlon Claasen
schien viele Bitcoins zu benötigen.

»Haben Sie auch herausfinden können, wofür er sie genutzt
hat?«

Diesmal schüttelte Weisner den Kopf. Er aschte in den Be-
cher und zog dann erneut an der noch immer qualmenden
Zigarre.

»Diese Frau, haben Sie auch etwas über sie in Erfahrung bringen können?« Ich deutete auf Sophie.

»Ist eine Ärztin. Grune heißt sie. Die beiden wohnen zusammen in der Wohnung.«

»Verstehe«, sagte ich und betrachtete das dritte Bild. Marlon Claasen stand an einem silbernen Opel, das Handy zwischen Schulter und Ohr geklemmt, während er etwas im Kofferraum verstaute.

»Sie können alles mitnehmen, wenn Sie wollen. Sobald der Fall abgeschlossen ist, sind die Sachen für mich uninteressant.«

»Dieses Bild würde ich gern behalten. Den Rest brauche ich nicht. Sie wollten eine Barzahlung richtig? Bitteschön.«

Ich zog einen Umschlag mit Geld aus der Innentasche meiner Jacke und reichte ihn dem Detektiv. Er begann die Scheine zu zählen, während ich weiter auf das Bild starrte. Sophie. Sie war in einer Beziehung mit Marlon Claasen. Mein Kopf begann zu arbeiten und schon sehr bald hatte ich einen perfiden Plan. Meine ehemalige Bettgespielin würde die Eintrittskarte sein, um an dieses ekelhafte Stück Dreck zu kommen, das sich an Kindern verging.

»Alles klar. War mir eine Freude, mit Ihnen Geschäfte zu machen, Doktor.« Er stand auf und reichte mir die Hand. Ich hielt sie einen Moment länger als nötig und sah ihm ernst in die Augen.

»Ich kann auf Ihre Diskretion zählen, Herr Weisner?«

»Aber natürlich! Sie haben also auch Feinde? Wer weiß, womöglich muss ich ja eines Tages nach Ihnen suchen.« Er lachte dreckig. Dabei wurde sein ohnehin eingefallenes Gesicht noch tiefer in Falten gelegt.

»Gott bewahre.« Ich ließ seine Hand los und verließ die Wohnung, seinen Blick in meinem Rücken.

KAPITEL 23

Ich folgte der Strecke, die mir mein Smartphone anzeigte, während es mich navigierte.

>Sie haben Ihr Ziel erreicht. Ankunft auf der rechten Seite<, verkündete die elektronische Stimme.

Ich fuhr an der Häuserreihe vorbei und suchte nach einer Parkmöglichkeit. Als ich endlich fündig geworden war, stieg ich aus, verriegelte das Fahrzeug und näherte mich dem Haus, während mein Blick die Umgebung observierte. Lautes Kinderlachen ertönte von der gegenüberliegenden Straßenseite. Ein Kindergarten. Bei dem Gedanken an die perversen Fantasien, die Marlon Claasen womöglich hegte, wenn er aus dem Fenster sah, drehte sich mir der Magen um. Für einen kurzen Moment blieb ich stehen, schloss die Augen und legte den Kopf schief. Die Bilder in meinem Kopf wurden unerträglich, genau wie die Schreie eines kleinen Mädchens, das von ihrem Vater geschlagen wurde. Ich biss die Zähne so fest es ging zusammen, spürte, wie mein Kiefer unter der Anstrengung bebte. Als würde ich die Dämonen so vertreiben können, schüttelte ich den Kopf hin und her, als plötzlich eine Stimme hinter mir ertönte.

»Geht es Ihnen nicht gut?« Ich erschrak und wirbelte herum.

»Doch, alles in Ord… Sophie?«

Sie stand mit vollgepackten Einkaufstüten vor mir und sah mich besorgt an. Als sie mich erkannte, hellte sich ihre Miene auf.

»Was machst du hier?«, fragte ich und trat einen Schritt auf Sophie zu.

»David? Das Gleiche könnte ich dich fragen! Ich wohne hier. Und du?«

»Ein Patient von mir wohnt hier in der Nähe. Ich war gerade bei ihm, als ich Kopfschmerzen bekam.«

»Leidest du immer noch darunter? Ich habe dir zigmal gesagt, dass du dich von mir untersuchen lassen sollst! Und so was nennt sich Arzt.«

Für einen Augenblick schwiegen wir. Ich taxierte sie von oben bis unten, musterte ihre langen Beine, die sie unter einer schwarzen Strumpfhose versteckte, und den roten Mantel mit den großen Knöpfen, der mir so bekannt vorkam.

»Willst du auf einen Kaffee mit hochkommen? Oder eher ein Wasser? Eine Kopfschmerztablette musste ich auch noch haben«, schlug sie vor und deutete auf den Hauseingang.

Ich warf einen Blick auf die Uhr, als müsste ich die verbleibende Zeit bis zu meinem nächsten Termin abschätzen und willigte dann ein. Ich nahm ihr die schweren Tüten ab und trug sie ihr in den dritten Stock. Als sie die Tür zur Wohnung aufschloss, strömte mir ein süßlicher Geruch entgegen. Vanille, wenn ich mich nicht täuschte.

»Geh schon mal ins Wohnzimmer und mach es dir bequem. Ich suche die Tablette raus. Kaffee schwarz?«

»Wie meine Seele«, sagte ich und lächelte schief.

Sophie grinste und verschwand in einem der Räume. Ich schritt durch die Wohnung und fand besagte Wohnstube am Ende des Flures. Sie war geschmackvoll mit weißen Möbeln eingerichtet. Auf der ebenso weißen Ledercouch lagen Decken, um den Bezug zu schonen. Als ich mich setzte, spürte ich, wie sich die Unterlage verschob, doch noch bevor ich sie wieder richten konnte, stand meine Gastgeberin schon hinter mir.

»Ach lass. Das hält eh nicht. Ich richte sie später wieder ordentlich aus. Hier. Die Tablette und das Wasser.«

Ich nahm ihr beides dankend ab, schob das Medikament in den Mund und kippte die farblose Flüssigkeit hinterher. Ich wusste, dass sie nichts bringen würde, doch das musste ich Sophie nicht sagen. Zu meiner Überraschung setzte sie sich direkt neben mich. Zwischen uns hätte nicht einmal mehr ein Lexikon gepasst. Sie ließ sich seitlich gegen die Couch sinken und stützte den Ellenbogen auf die Lehne.

»Ein Patient, hm? Heute ist Samstag, David.«

»Wenn es dringend wird, kenne ich keine Arbeitstage«, log ich und stellte das Wasser auf den kleinen Beistelltisch. »Und seit wann wohnst du hier? Gefiel dir deine Wohnung in der KTV nicht mehr?«

Sophie zuckte mit den Achseln.

»Ach, es war Zeit für eine Veränderung. Du kamst auch nicht mehr, was hielt mich dann noch dort?«

»Das klingt ja fast schon nach einem Vorwurf.«

»Du hättest dich wenigstens melden können.« Sie zupfte verspielt an meinem Hemd, während sie die Lippen zu einer Schnute formte. »Zeitweise war ich schon einsam. Wo hast du gesteckt?«

»Ich war die ganze Zeit in Rostock. Nur etwas beschäftigt.«

Sie rutschte noch dichter an mich, sodass sich unsere Schenkel berührten. Ich dachte daran, weswegen ich bei ihr war und was ich tun wollte. Mein Plan sah vor, dass Marlon Claasen zu Hause war und ich dank Sophie zwangsweise seine Bekanntschaft machte, doch von ihm war keine Spur. Tatsächlich fand ich auf die Schnelle auch keinerlei Hinweise darauf, dass in dieser Wohnung überhaupt ein Mann wohnte. Andererseits war es nicht Sophies Art, Fotos oder dergleichen zur Schau zu stellen.

»Weißt du, David«, begann sie, »wenn du schon mal hier bist …« Sie öffnete einen Knopf meines Hemdes.

Ich sah an mir hinunter, beobachtete diese zarten Finger, die womöglich nur wenige Stunden zuvor in OP-Handschuhen gesteckt und Wunder vollbracht hatten. Ich überlegte, was ich tun sollte. Ihre Absichten waren eindeutig und deuteten nicht darauf hin, dass sie einen Freund hatte. Was also war mit Marlon Claasen? Hatte er mich einfach nur ersetzt und war deswegen ständig vor ihrer Wohnung aufgetaucht? Noch bevor ich einen weiteren Gedanken fassen konnte, spürte ich eine Hand an meinem Glied und Lippen, die meinen Mund küssten.

»*Ach was soll's*«, dachte ich und schlang die Arme um Sophie. Wenn ich schon mal hier war, konnte ich die Zeit auch nutzen.

KAPITEL 24

Verschwitzt lagen wir nebeneinander. Mein Blick ging zur Decke, während Sophie mich von der Seite anstarrte und mit ihren Fingern auf meiner Brust trommelte.

»Das habe ich vermisst. Ich hatte andere, weißt du. Aber irgendwie war es nie das Gleiche.«

Ich sagte nichts, gab ihr nur einen Kuss auf die Stirn und richtete mich dann auf.

»Dürfte ich kurz dein Bad benutzen?«

»Klar. Erste Tür links«, sagte sie und zog sich die Decke bis zum Hals.

Ich stieg in meine Shorts und suchte die Toilette auf. Als die Tür hinter mir ins Schloss gefallen war, schloss ich ab und wusch mir das Gesicht. Als ich mein Spiegelbild betrachtete, kam mir ein Gedanke. Ich öffnete den Schrank und sah die zweite Zahnbürste, direkt neben einem Rasierer und Aftershave. Doch da war noch etwas sehr viel Interessanteres. Zwei kleine Dosen mit Medikamenten ließen meine Neugierde wachsen. Ich nahm sie in die Hand und drehte sie so, dass die Etiketten deutlich sichtbar waren.

Eines der Döschen beinhaltete sogenannte Selektive Serotoninwiederaufnahmehemmer, auch SRRI genannt. Das zweite Antiandrogene. SRRI wurden ursprünglich zur Behandlung von Depressionen verwendet. Sie sorgten dafür, dass die Menschen sich besser fühlten, fröhlicher wurden und hemmten zugleich das sexuelle Verlangen. Antiandrogene beeinflussten die Häufigkeit von Sexualfantasien und versuchten diese zu vermindern. Als ich die Deckel abschraubte, erschrak ich. Beide Gefäße waren noch bis zum Rand gefüllt. Natürlich war es möglich, dass der Besitzer diese gerade erst neu erworben hatte, doch im Falle von Marlon Claasen war ich mir dessen nicht sicher.

Wie aufs Stichwort hörte ich, dass jemand die Haustür aufschloss.

»Bin wieder da!«, rief eine männlich klingende Stimme, ehe Schritte vor der Badtür den Boden kurz beben ließen.

Ich stellte die Medikamente zurück in den Spiegelschrank und wandte mich dann zur Tür. Ehe ich die Klinke hinunterdrückte, atmete ich tief durch. Es war wichtig, dass ich mich im Zaum hielt und nicht sofort losstürmte.

Marlon Claasen sah genauso aus, wie auf den Fotos, die der Detektiv mir gezeigt hatte. Die roten Locken waren länger als nötig und standen in alle Richtungen ab. Er diskutierte aufs Heftigste mit Sophie, die nur in ein Bettlaken gehüllt vor ihm stand.

»Verdammt noch mal! Du dämliche Schlampe! Immer dasselbe mit dir! Kaum bin ich mal für einige Stunden aus dem

Haus, holst du dir den nächstbesten Kerl ins Haus und vögelst dir die Seele aus dem Leib!«

Er gestikulierte wild, fuchtelte mit den Armen und warf dabei eine Katzenfigur aus Keramik vom Regal über dem Fernseher. Mit einem dumpfen Knall schlug sie auf der Auslegware auf und zerbrach. Als er sich bückte, um die Scherben aufzusammeln, entdeckter er mich.

»Und wer bist du?«, fragte er und zog sofort die Stirn kraus.

»Der nächstbeste Typ würde ich sagen.«

Ich sah Sophie ihr Grinsen hinter dem Laken verstecken und konnte mir ebenfalls ein Schmunzeln nicht verkneifen.

»Du findest das wohl witzig? Soll ich dir mal sagen, was ich witzig finde? Wenn ich das Blut aus deiner dämlichen Fresse spritzen sehe!« Der Rotschopf erhob sich und stapfte auf mich zu.

Sophie schrie, wollte ihn aufhalten, doch da traf mich seine Faust auch schon im Gesicht. Ich hörte es knacken, taumelte etwas zurück, als auch schon der zweite Schlag auf mich einhämmerte. Diesmal war es meine Lippe. Ich schlug mit dem Rücken unsanft gegen die Wand, wartete bereits auf den nächsten Angriff, doch er blieb aus.

»Du Abschaum. Jetzt verschwinde aus meiner Wohnung!« Er wandte mir den Rücken zu und sah Sophie an. Viele

Frauen hätten sich angesichts seiner Aggressionen wahrscheinlich gefürchtet, sie hingegen nicht.

»War das wirklich nötig?«

»Ob das nötig war? Tickst du noch ganz richtig?« Er tippte sich mit dem Zeigefinger an den Kopf.

»Du hast deine Ticks und ich habe meine. Können wir es dabei belassen? Und jetzt mach Platz. Schlimm genug, dass du einen guten Freund von mir so zurichten musstest. Geh duschen oder dich anderweitig abkühlen.« Sie holte meine Sachen aus dem Schlafzimmer, zog an ihm vorbei, befestigte das Laken um ihren Busen und trat zu mir.

»Oje. Du hast auch schon mal besser ausgesehen. Früher hättest du das nicht mit dir machen lassen. Bist wohl alt geworden, was?« Sie grinste mir frech entgegen.

»*Man muss nicht erst alt werden, um sich treffen zu lassen. Wäre ich ausgewichen, hätte ich mir den Plan in die Haare schmieren können*«, dachte ich und wischte mit dem Handrücken das Blut von meiner Lippe.

»Na ja. Mit etwas Eis solltest du zumindest die Schwellung eindämmen können. Melde dich, wenn es doch schlimmer werden sollte. Hast du meine Nummer noch?«

»Drei Mal die sechs am Ende?«

»Ja, genau. Drei Mal die sechs. Wie der Teufel.«

»Ok, ich rufe dich an. Vorausgesetzt dein Wachhund drückt mich nicht weg.« Ich sah über ihre Schulter in Richtung des Rotschopfes, der die Arme vor der Brust verschränkt hielt und uns grimmig ansah.

»Mach dir seinetwegen keine Gedanken. Der hat genug andere Sorgen.«

Ich wurde hellhörig. »Ach so? Was denn für welche?«

Doch Sophie antwortete nicht, half mir auf, wartete, bis ich mich angezogen hatte und geleitete mich zum Wohnungseingang.

»Melde dich, David. Und diesmal wirklich.« Sie schloss die Tür hinter mir.

In Gedanken trottete ich noch etwas benommen durchs Treppenhaus und ins Freie. Als ich wieder auf dem Weg vor der Hauswand war, blickte ich hinauf zu dem Fenster, dass zu Sophies Wohnung gehörte. Marlon Claasen stand davor und starrte mich noch immer missmutig an. Ich hob die Hand zum Abschied und erntete dafür einen erhobenen Mittelfinger.

KAPITEL 25

Als ich auf den Parkplatz vor meiner Wohnung zusteuerte, erblickte ich Elena bereits von Weitem. Angespannt stand sie vor der Eingangstür und wartete auf mich. Kaum, dass sie meinen Audi erblickte, kam sie raschen Schrittes auf mich zu.

»Wie siehst du denn aus?«, war das Erste, was sie mich fragte und deutete auf mein demoliertes Gesicht.

»Das ist nichts. Eine kleine Schlägerei. Sieh einfach drüber hinweg.«

»Na du bist lustig. Willst du mir etwa weismachen, dass du über Nacht zum Straßenkämpfer geworden bist? Erst deine Knöchel, jetzt die Nase. Morgen hast du womöglich einen gebrochenen Arm.«

Ich seufzte und ging um den Wagen herum. Dabei entging mir nicht, wie sie meinen Wagen musterte. Als ich bei ihr ankam, packte sie mich an den Handgelenken.

»Du sagst mir doch, wenn etwas ist, oder?«

»Natürlich«, log ich und unterdrückte den Impuls, genervt mit den Augen zu rollen.

»Gut.« Sie schlang die Arme um meinen Hals und umarmte mich.

Überrascht von dieser plötzlichen Annäherung, ließ ich es geschehen und legte meine Hände auf ihren Rücken.

»Ich … ähm … Ich muss dann wieder los.« Elena löste sich von meinem Körper, sah noch einen Moment an mir vorbei und eilte dann davon.

Ich sah, wie sie ihr Handy aus der Jackentasche holte und es wenige Sekunden später ans Ohr hielt.

»Was zum Teufel …« Verwirrt sah ich hinter mich. Schaute, ob sie jemanden gesehen hatte, der sie verschreckte. Moment mal. Warum denn *jemanden*? Womöglich war es ja *etwas*? Erschrocken richtete ich meinen Blick durch die Scheibe des Autos und auf den Beifahrersitz.

»Du dämlicher Narr!«, fluchte ich und schlug erbost gegen das Glas. Auf der Sitzfläche lag das Foto von Marlon Claasen und Sophie, darauf ein kleiner Post-it mit der Adresse. Nun wusste ich auch, weswegen Elena es so eilig hatte und sofort telefonieren musste.

Unschlüssig, was zu tun war, ging ich nervös am Auto auf und ab. Schließlich fällte ich eine Entscheidung, setzte mich auf den Fahrersitz, startete den Wagen und ließ den Motor laut aufjaulen, als ich vom Parkplatz fuhr.

In der Malchiner-Straße angekommen, mühte ich mich nicht einmal, nach einem entfernten Parkplatz zu suchen. Stattdessen kam der Wagen unmittelbar vor dem großen Haus zum Stehen. Ich stieg aus, schlug die Tür zu, und machte zwei Schritte in Richtung des Eingangs, als plötzlich ein Mann mit roten Haaren aus dem Haus trat. Begleitet wurde er von zwei Männern in Uniform. Ich war zu spät. Die Polizei führte ihn ab und ruinierte so meinen perfiden Plan. Die Knie zitterten leicht und meine Hand ballte sich zur Faust. Die Frustration war dermaßen groß, dass ich keinen klaren Gedanken fassen konnte. Wie konnte das passieren? Warum war mir nur dieser dämliche Fehler unterlaufen?

Ein VW fuhr an mir vorbei und hielt neben dem Streifenwagen, in welchen Marlon Claasen geschoben wurde. Eine Frau mit blonden Haaren stieg aus, sagte etwas zu den Beamten und sah dann in meine Richtung. Als Elenas Blick den meinen traf, erstarrte ich kurz. Da war keine Verliebtheit, keine Liebe, kein Mitgefühl. In ihrem Gesicht fand sich der eiskalte Blick einer Kommissarin.

Wie ein wildes Tier, das seinen Jäger erspäht hatte, hastete ich zurück zum Auto, stolperte fast, und stieg so hastig ein, dass ich mir den Arm an der Tür stieß. Panisch drehte ich den Schlüssel in der Zündung und trat das Gaspedal durch. Ohne darüber nachzudenken, wohin ich fahren wollte, lenkte ich den Wagen auf die Straße und raste davon. Immer wieder schlug ich mit den Händen gegen das Lenkrad, sah bei jeder roten Ampel gehetzt in den Rückspiegel, hielt nach Elenas Auto Ausschau, doch sie schien mir nicht zu folgen. Von einem Hupkonzert begleitet, vollzog ich ein waghalsiges Überholmanöver nach dem nächsten, verließ Rostock in Richtung Brinkmannstorf und fuhr noch etliche Kilometer weiter.

Als der Motor schließlich verstummte, stand ich inmitten von gar nichts. Um mich herum lagen weit und breit nur Felder. Lediglich ein einzelnes Haus ließ eine nahe gelegene Ortschaft vermuten. Langsam aber sicher beruhigte sich mein Herzschlag. Ich ließ die Arme schlaff neben mich sinken und starrte durch die Windschutzscheibe. Wie in Trance öffnete ich die Tür, setzte einen Fuß nach dem anderen auf den staubigen Boden und trottete zu dem morschen Holzzaun, der das Grundstück umrandete. Er schleifte über den Boden, als das Tor geöffnet wurde und hinterließ eine Spur im Sand.

Alles war noch wie früher. Das große Haus mit der hellen Fassade, die unweit gelegene Scheune, der Hühnerdraht, der das Federvieh beisammen halten sollte. Genau wie in meiner Kindheit, nur etwas verwahrlost. Es wunderte mich nicht, dass niemand das Haus gekauft hatte. Man sagte ihm nach, dass es verflucht sei, nachdem fast eine ganze Familie darin umgekommen war. Details hatten die Dorfbewohner bei ihren Geschichten bewusst ausgelassen.

Ich ging um das Hauptgebäude herum, warf einen Blick durch die verdreckten Fenster im Erdgeschoss. Selbst die Möbel standen noch dort, wo ich sie zurückgelassen hatte.

Ich ging weiter zur Scheune, stieß das knarrende Tor auf, und trat in den großen leeren Raum. Selbst die Gerätschaften hatte niemand mitgenommen. Wahrscheinlich war auch dies den Horrorgeschichten zu verdanken. Ein rostiger Hammer lag auf der Werkbank, daneben stand ein Stuhl, der in den vielen Spinnweben kaum noch als solcher erkennbar war.

Was meine Aufmerksamkeit jedoch bei Weitem mehr erregte, war die Sense. Sie lag verlassen in einer der Ecken. Lieblos hatte man sie zu Boden geworfen, sich nicht einmal die Mühe gemacht, das Blut von der Klinge zu wischen. In einem dementsprechenden Zustand war sie nun auch. Das rostige Blatt roch unangenehm metallisch und hatte viel von seiner einstigen Schönheit eingebüßt. Ich griff das Werkzeug am Stiel, richtete es auf und teilte mit aller Kraft die stickige Luft. Dabei spürte ich, wie mein Herz wieder schneller schlug, das Blut durch meine Adern schoss und mein Verstand endlich wieder zu arbeiten begann.

Elena hatte meinen Plan vernichtet. Sie sperrte Marlon Claasen weg und nahm mir die Chance, meine Pflicht zu erfüllen. Doch es gab noch eine Möglichkeit, an mein Ziel zu kommen. Alles, was ich dafür brauchte, war ein Telefon.

Ich legte die Sense auf die Werkbank und eilte zurück zum Auto. Zum nächsten Einkaufscenter waren es keine fünf Minuten. Sobald ich den Wagen geparkt und ins Innere gestürmt war, suchte ich nach einem Telefon.

»Perfekt«, sagte ich und betrat den Laden des Mobilfunkanbieters.

»Guten Tag, kann ich Ihnen helfen? Suchen Sie etwas Bestimmtes?« Der junge Mann, der wahrscheinlich zwei Meter groß war und sogenannte Tunnel in den Ohren hatte, verzog kurz das Gesicht, als er das getrocknete Blut auf meiner Lippe bemerkte.

Ich griff nach dem nächstbesten Telefon und einer Prepaidkarte.

»Das wäre dann alles«, sagte ich und bezahlte.

Etwas verdutzt nahm er meine EC-Karte entgegen und schob sie in das Lesegerät. Die Ungeduld ließ mich mit den Fingern auf dem Tresen trommeln, während der Mitarbeiter nervös seiner Arbeit nachging. Kaum dass der Bezahlvorgang abgeschlossen war, eilte ich aus dem Shop, richtete das Telefon ein und wählte eine der wenigen Nummern, die ich auswendig kannte, während ich zurück zum Auto ging.

»Ja?«, meldete sich die mir wohlbekannte Stimme am anderen Ende der Leitung skeptisch.

»Ich bin's. Sophie, du musst etwas für mich tun.«

»David? Bist du das? Was ist das für eine Nummer?«

»Ja. Aber das tut jetzt nichts zur Sache. Pass auf …«

»Du kannst dir gar nicht vorstellen, was hier vorhin los war!«

»Sophie!«, sagte ich mit ernster Stimme und atmete tief durch. »Hör mir einfach zu und tu, was ich dir sage!«

Sie antwortete nicht, doch kannte ich sie gut genug, um zu verstehen, dass sie nicht widersprechen würde.

»Hat Marlon einen Laptop? Einen Computer? Ein Tablet? Oder irgendein anderes Gerät, mit dem er ins Internet gehen kann?«

»Ja. Zwei Laptops. Einer ist uralt und einer recht neu. Wieso?«

Ich sah mich noch einmal auf dem riesigen Parkplatz um, ehe ich in den Wagen stieg und antwortete.

»Hat die Polizei sie schon gesehen oder mitgenommen?«

Sie verneinte.

»Gut. Zerstöre sie.«

»Was? David, das kann ich doch nicht machen!« Sophie wirkte empört. Ich konnte sie fast schon die Augen aufreißen hören.

»Mach es einfach, wenn dir irgendetwas an diesem Schwachkopf liegt! Vertrau mir!«

Meine Hand umklammerte das neue Telefon immer fester, während ich gespannt auf eine Reaktion wartete. Schließlich seufzte sie hörbar und willigte ein.

»Na schön. Sagst du mir denn noch, was hier los ist?«

»Das kann ich nicht. Du musst mir einfach vertrauen.«

Ich wurde wieder etwas ruhiger, als sie mir bestätigte, dass sie sofort nach unserem Telefonat alles vernichten würde, was internetfähig war.

»Wenn das Marlon wieder zurückbringt, bin ich dir wohl was schuldig, David«, sagte sie ruhig.

»Sagen wir, wir sind quitt. In gewisser Weise hilfst du mir damit nämlich auch.«

»Was meinst du damit?«

»Mach's gut, Sophie.« Ich beendete das Gespräch und ließ mich in den Sitz fallen.

Ein Grinsen breitete sich auf meinen Lippen aus und ich fühlte das gewohnte Selbstbewusstsein zurückkehren. Du hast gut gespielt Elena, doch um mich zu schlagen, braucht es noch ein wenig mehr.

KAPITEL 26

Das Mädchen hockte noch immer im Bett. Es war bereits abends und sie hatte es den ganzen Tag nicht geschafft, aufzustehen, sich anzuziehen und etwas zu essen.

»Du musst etwas zu dir nehmen. Sonst wird es dir nicht besser gehen«, hatte ihre Mutter gesagt, doch was wusste die schon. Mala hatte ganz andere Sorgen.

In den schweißnassen Händen hielt sie die Tüte mit den Medikamenten, die Elena ihr gegeben hatte.

»Ich will das alles nicht«, flüsterte Mala leise, ehe sie zu schluchzen begann.

Ihre Augen waren bereits trocken, rot unterlaufen und brachten kaum noch Tränen hervor. »Was soll ich nur tun?«

Im Hausflur ertönte ein Klicken. Jemand öffnete die Wohnungstür. Instinktiv schnellte Mala unter die Bettdecke und legte sich eine Hand auf den Mund, um nicht zu laut zu atmen. Ihr Herz schlug bis zum Hals, als derjenige über den Flur ging, vor ihrer Tür stehen blieb und es am Holz klopfte.

»Ich komme jetzt rein, ok?«, ertönte Elenas Stimme.

Mala spürte, wie ihre Mutter sich auf die Bettkante setzte und vorsichtig an der Decke zog. Die Sechzehnjährige ließ es geschehen.

»Geht es dir schon etwas besser?«

Mala zuckte nur mit den Achseln.

»Vielleicht ist es besser, wenn du doch zu einem Arzt gehst. Du siehst gar nicht gut aus.« Die kühle Hand ihrer Mutter ruhte kurz auf Malas Stirn, ehe sie die Wangen abtastete.

Sie nickte schlaff.

»Ok. Hältst du noch bis Montag durch? Ansonsten fahren wir ins Kra…«

»Dr. Leptin«, unterbrach sie ihre Mutter mit kratziger Stimme. Elenas Augen weiteten sich.

»Mala, Schatz, Dr. Leptin ist ein Psychiater. Ich denke, dass du zu jemandem gehen solltest, der sich mit Magenproblemen auskennt.«

»Mama, bitte.« Das Mädchen legte ihrer Mutter die schweißnassen Hände auf den Arm. »Ich will nicht zu einem fremden Mann. Ich kann das noch nicht.«

»Und du meinst, dass Dr. Leptin dir nicht mehr fremd ist?« Elena hatte Mühe den Spott in ihrer Frage zu unterdrücken. David war Mala vielleicht ein dutzend Mal begegnet und selbst dann hatten sie nie ein Wort gewechselt. Abgesehen von dieser einen Gelegenheit, als sie die beiden gemeinsam auf der Couch gesehen hatte.

Ihre Tochter sah sie mit großen Augen an. Elena zögerte. David war der letzte Mensch, dem sie Mala in diesem Moment anvertrauen wollte. Sie hatte mehr als genug Gründe, ihm zu misstrauen. Da waren zum einen die Schürfwunden an seinen Knöcheln, einen Tag nachdem sie einen zusammengeschlagenen Mann aus dem Wasser geborgen hatten. Natürlich konnte es Zufall sein, doch da war noch die Sache mit Marlon Claasen. David hatte ein Bild von ihm und seine Adresse und war damit nicht zu ihr gekommen! Auch dabei hätte sie sich nicht viel gedacht, wäre er kurze Zeit später nicht bei der Verhaftung dabei gewesen und unmittelbar darauf wie von der Tarantel gestochen geflohen. Man konnte ihr sagen, was man wollte, aber da stimmte etwas nicht.

»Mama?« Mala zog leicht an Elenas Arm, um diese aus den Gedanken zu reißen.

Sie musste sich jetzt entscheiden, was ihr wichtiger war. Den Gründen hinter Davids Verhalten nachzugehen oder sich um die Gesundheit ihrer Tochter zu kümmern. Für eine Mutter konnte es nur eine Antwort geben.

»Du bist dir ganz sicher, dass du nur zu Dr. Leptin möchtest? Ich kann auch eine weibliche Ärztin verlangen, wenn dir das lieber ist«, startete sie einen letzten Versuch.

»Nein. Er oder niemand.«

Elena seufzte. Normalerweise hätte sie sich über diesen Dickkopf geärgert, doch in diesem Fall wusste sie ganz eindeutig, von wem Mala ihn hatte.

»Na schön. Ich rufe ihn an.«

172

Sie verließ Malas Zimmer und suchte Davids Nummer in ihrem Telefonspeicher. Zögernd schwebte ihr Daumen über dem Namen. In ihr sträubte sich alles dagegen, ihn anzurufen, doch es war für ihre Tochter. Der Ruf ging raus und es läutete mehrmals. Gerade, als sie auflegen wollte, wurde das Gespräch entgegengenommen.

»Leptin?« Elena schluckte kurz.

»Hallo David. Ich bin's.« Gerade, als sie weiterreden wollte, fiel ihr etwas ein. Etwas, das er ihr gesagt hatte und nun wieder Zweifel in ihr weckte. »Ich dachte, dein Telefon sei kaputt?«

»Ja, das war es auch. Es lag bis jetzt in der Schüssel voll Reis. Glaub mir, ich wäre nie auf die Idee gekommen, es zu testen, wenn du nicht angerufen hättest. Was gibt es denn?«

Elena überlegte, ob sie ihm glauben wollte, da fiel ihr der Grund des Anrufes wieder ein.

»Ich weiß, es gehört nicht zu deinen Fachgebieten, aber würdest du dir Mala einmal ansehen? Es geht ihr noch nicht besser und ich möchte sie gern untersuchen lassen. Ich weiß, das ist merkwürdig, aber aus irgendeinem Grund will sie nur zu dir und zu keinem anderen Arzt.«

»Natürlich. Wann will sie kommen?«

»Ich denke, heute ist es schon zu spät. Passt es dir morgen? Ach Moment. Da ist ja Sonntag.«

»Kein Problem. Ich warte dann morgen in der Praxis, oder soll ich zu euch kommen?«

Elena schluckte.

»Ich meinte, falls Mala es nicht schafft, das Haus zu verlassen. Frag sie, was ihr lieber ist.«

»Natürlich. Ich rede mit ihr und lass es dich wissen.«

»Gut, dann bis morgen.« Ohne ein weiteres Wort legte er auf.

Elena hatte es gespürt. Zwischen David und ihr war etwas anders. Nur was genau, das konnte sie nicht sagen.

KAPITEL 27

Ich hatte eine unruhige Nacht. Sophie hatte gesagt, sie würde die Geräte zerstören, doch konnte ich darauf vertrauen, dass sie es sofort getan hatte? Was, wenn die Polizei mir zuvorkam und alles beschlagnahmte? Oder schlimmer noch, wenn dieser Trottel von Rotschopf andere Beweise in der Wohnung offen liegen gelassen hatte?

Als mein Wecker mir zu verstehen gab, dass es bereits früher Vormittag war, stand ich schließlich auf und ging ins Bad. Die Blessuren in meinem Gesicht schmerzten unangenehm, als ich mit den Fingerspitzen darüberfuhr. Mein Spiegelbild bestätigte mir den Verdacht, dass ich nicht besser aussah, als ich mich fühlte. Die Lippe war geschwollen, die Nase hatte einen rotbläulichen Schimmer und eine kleine Schürfwunde. Was tat man nicht alles, um seine Ziele zu verfolgen? Vorsichtig verteilte die breite Pinselspitze den Rasierschaum auf Wangen und Kinn. Langsam zog die Klinge ihre Bahnen und hinterließ glatte Haut. Als Jugendlicher hatte ich mich über meinen starken Bartwuchs gefreut, doch mittlerweile störte er mich.

Im Flur hörte ich mein Handy läuten. Eine SMS. Mit dem Rasierer in der Hand schritt ich durch die Wohnung und nahm das Gerät von der Kommode.

>Ich bin kurz weg. Mala ist zuhause, falls du gleich losfahren solltest.<

Es war eindeutig, dass Elena sich verändert hatte. Die Aufdringlichkeit, die normalerweise in ihren Nachrichten lag, war verflogen. Kurz. Knapp. Sachlich. Ich antwortete ihr mit einem einfach OK, beeilte mich dann jedoch, die Rasur zu beenden. In der aktuellen Situation gab es keinen besseren Zeitpunkt, um Mala allein sprechen zu können. Sie war das letzte Bindeglied, das Elena und mich verband. Hastig zog ich ein dunkles, langärmliges Shirt aus dem Schrank, schlüpfte hinein und streifte die Jeans über die Beine. Die Jacke über den Arm gelegt, stieg ich in meine Lederschuhe und verließ die Wohnung.

Als ich etwa zehn Minuten später in Reutershagen ankam und in der Nähe von Elenas Wohnung hielt, ließ ich den Blick kurz wandern. Ihr Auto war nirgends zu sehen.

Mit großen Schritten ging ich zur Eingangstür und hob die Klappe zu ihrem Briefkasten an. Suchend fuhren meine Finger an der Innenseite entlang. »*Kluges Mädchen. Hat den Ersatzschlüssel entfernt*«, dachte ich und betätigte die Klingel. Ein leises Knacken ertönte. Das war alles.

»Mala? Dr. Leptin hier. Lässt du mich bitte rein?« Es surrte und die Tür ließ sich widerstandslos öffnen.

Im ersten Obergeschoss stand das Mädchen ängstlich hinter der Tür und sah durch einen Spalt zu mir auf den Flur. Nur zögerlich trat sie einige Schritte zurück und ließ mich hinein. Die Wohnung schien aufgeräumter als sonst. Womöglich lag es daran, dass Elena dank des Urlaubs endlich etwas Zeit für ihre Tochter und den Haushalt hatte.

Mala ging an mir vorbei in ihr Zimmer. Unaufgefordert tat ich es ihr gleich. Das Mädchen kroch sofort wieder ins Bett und zog sich die Decke bis unter das Kinn. Unschlüssig sah ich sie an. Tür auf oder zu? Durfte ich mich auf das Bett setzen oder nicht? Schließlich lehnte ich mich gegen die Tür, bis sie ins Schloss fiel.

»Du siehst fertig aus. Schläfst du?« Keine Reaktion.

»Dachte ich mir. Essen ist wahrscheinlich auch nebensächlich?« Noch immer starrte sie mich nur an. »Dir ist bewusst, dass du damit nicht nur dir schadest?« Ich deutete auf Höhe ihres Bauches, während ich langsam auf sie zu ging.

Als ich ihr Bett erreicht hatte, kroch sie bis an die Wand und zog die Knie an die Brust. Ich nahm auf der weichen Matratze Platz und legte meine Jacke neben mich.

»Elena sagt, dass du reden willst. Hier bin ich. Und wir sind allein.« Ich breitete die Arme aus und deutete auf den leeren Raum.

Sie knitterte den Bettbezug in ihren dünnen Fingern.

»Ich …«, begann sie, verstummte jedoch sofort wieder. Das Mädchen schluckte hörbar. »Ich habe niemanden sonst, mit dem ich reden kann.« Sie zog die Decke wieder zum Mund.

Als ich nicht reagierte, redete sie jedoch weiter.

»Mama weiß es noch nicht. Und das soll auch so bleiben. Bitte! Sie dürfen es ihr auf keinen Fall sagen!«

»Ich habe dir schon einmal mein Wort gegeben, es nicht zu verraten. Daran halte ich mich. Und außerdem reden deine Mutter und ich momentan nicht besonders viel miteinander.«

Verwundert hob Mala die Augenbrauen.

»Ach so. Na ja. Im Moment hat sie wieder viel zu tun.«

Ich spürte, dass das Mädchen langsam wieder auftaute. Doch noch interessanter war das, was sie andeutete.

»Viel zu tun? Ich dachte, sie hat Urlaub? Wo ist sie überhaupt?«

Das war zu viel des Guten. Der Teenager zuckte nur mit den Schultern und verkroch sich wieder hinter dem Stück Stoff.

»Sie sagte mir, dass sie über ihren Urlaub glücklich sei, weil sie endlich Zeit für dich hat. Ich denke, sie bemüht sich wirklich, eine gute Mutter zu sein.«

»Manchmal reicht es nicht aus, sich Mühe zu geben.« Das Mädchen sah zur Seite. Tränen sammelten sich in ihren Augen.

Ich legte ihr eine Hand aufs Kinn, spürte, wie sie zusammenzuckte und drehte ihren Kopf so, dass sich unsere Blicke trafen.

»Geh nicht zu hart mit ihr ins Gericht. Du wirst sie noch brauchen. Sie ist die Einzige, die dir helfen und dich unterstützen kann. Damit«, ich löste die Hand und tippte ihr gegen den Kopf, »und damit.« Meine Finger berührten ihren Bauch durch die Decke.

Als sich eine Träne aus ihrem Auge stahl, wischte ich sie fort. Plötzlich wurden ihre Wangen rot und ihre Augen fixierten meine Lippen. Ich sah, wie ihr Atem ruhiger ging, und spürte die Anspannung zwischen uns. Als Mala sich vorbeugen wollte, stand ich auf. Unter anderen Umständen wäre ich sauer gewesen. Sie war ein Kind und sollte wissen, dass ihr Verhalten falsch war. Doch konnte man eine gebrochene Sechzehnjährige, die vergewaltigt und fast ermordet worden war noch als Kind bezeichnen?

»Entschuldigung«, sagte sie leise.

Als ich über die Schulter zu ihr sah, versteckte sie das Gesicht vollständig unter der Decke.

Just in diesem Moment wurde die Haustür aufgeschlossen. Elena telefonierte aufgeregt, während der Schlüssel in ihrer Hand klimperte.

Ich ging einige Schritte auf die Tür zu und stellte mich vor den großen Spiegel, den Mala über einem hüfthohen Schrank aufgehängt hatte. An den Rändern klebten Fotos. Den Blick über die Bilder schweifend, tat ich so, als würde ich sie genauer betrachten, während meine eigentliche Aufmerksamkeit Elena galt.

»Markus, verflucht! Das darf nicht dein Ernst sein! Gar nichts?« Schritte kamen näher, wurden lauter. Sie stoppte nur wenige Meter vor der Tür, die uns trennte. »Ich muss jetzt auflegen. Drei Stunden, Markus! Drei Stunden! Beeil dich! Und wehe, wenn du ihn gehen lässt!« Die letzten Worte flüsterte sie schon fast.

Als die Kommissarin die Tür öffnete, trafen sich unsere Blicke. Die Anspannung, die auf ihr lag, war unverkennbar. Sie kaute nervös an ihrer Unterlippe, während ihre großen blauen Augen mich keine Sekunde unbeobachtet ließen.

»Hallo, Elena«, sagte ich ruhig.

Ich versuchte nicht einmal zu lächeln. Es war offensichtlich, dass wir einander nicht mehr trauten. Wäre Mala nicht im Raum gewesen, hätte sie mich womöglich ohne Vorwarnung zur Rede gestellt und mit Fragen gelöchert. Sie nickte mir nur zu und ging dann ans Bett ihrer Tochter.

»Na, Mala. Geht es dir etwas besser?« Sie strich ihrer Tochter, die mittlerweile wieder unter der Decke hervorgekommen war, eine Strähne aus dem Gesicht. »Hast du geweint? Seinetwegen?« Wütend sah sie in meine Richtung.

»Nein. Schon gut. Er hat mir geholfen.«

»Falls du noch einmal reden willst, kannst du gern in meine Praxis kommen. Vereinbare einfach einen Termin. Vielleicht tut dir ein Tapetenwechsel auch ganz gut. Ich gehe jetzt besser und lasse euch allein. Auf Wiedersehen.«

»Tschüss. Und danke«, sagte Mala leise.

Elena funkelte mich nur an. Ich hob die Hand zum Abschied und verließ die Wohnung.

Es gelang mir nicht, das Grinsen zu unterdrücken, das sich auf meinem Gesicht breitgemacht hatte. Sophie hatte getan, wozu ich sie aufgefordert hatte und Marlon Claasen war kein kompletter Idiot. Nur noch drei Stunden. Dann würde ich bekommen, was ich wollte. Allein der Gedanke an das Bevorstehende erregte mich. Drei Stunden und es hieß Schachmatt.

KAPITEL 28

Es gestaltete sich schwieriger als erwartet, die Zeit totzuschlagen. Wie ein Kind, das auf den Weihnachtsmann wartete, saß ich auf dem Fahrersitz meines Autos und behielt den Eingang des Polizeireviers im Blick. Alles war vorbereitet. Ich warf noch einen kurzen Blick in das Handschuhfach und auf die kleinen Gegenstände, die in der eingeschweißten Tüte lagen. Nur noch wenige Minuten und es sollte soweit sein. Vier. Drei. Zwei. Eins. Nichts. Ich sah erneut auf die Uhr. Drei Stunden hatte Elena gesagt. Es war kurz nach halb eins mittags. Die Zeit war um. Wo also steckte er? Nervös trommelte ich auf dem Lenkrad, wagte es kaum zu blinzeln, als auf einmal Geschrei ertönte.

»Ich hetz' euch meinen Anwalt auf den Hals!«

»Na endlich«, dachte ich und startete den Motor. Ich wartete noch etwas, bis Marlon Claasen in ein Taxi gestiegen war und folgte dem gelben Auto dann.

Wie erwartet fuhren sie über die Stadtautobahn bis Lichtenhagen und anschließend in die Malchiner-Straße. Ich parkte in der nächsten Lücke, vergewisserte mich, dass er noch nicht ausgestiegen war, und zog den kleinen Beutel hervor. Rasch griff ich nach dem Pflaster und klebte es auf meine rechte Handinnenfläche. Anschließend verteilte ich mithilfe eines Wattestäbchens etwas von dem Kontaktgift auf der farblosen Schicht.

Der Rotschopf stieg aus, ging zur Fahrerseite und kramte in seiner Gesäßtasche. Nun musste ich mich beeilen. Ich hastete aus dem Auto und ging mit großen Schritten auf ihn zu, verlangsamte mein Tempo jedoch, als ich sah, wie er anstatt zu seiner Wohnungstür einige Meter weiterging und nach rechts abbog. Schließlich setzte er sich auf eine Bank in der Nähe des Kindergartens. Er beobachtete eine Gruppe kleiner Jungen, die aufgeregt gegen einen Fußball traten. Ich näherte mich unauffällig, ging dann um die Bank herum und stellte mich direkt in sein Blickfeld.

»Was zum … Du bist doch die Lachnummer, die Sophie angeschleppt hatte?«

Ich lächelte kurz.

»Lachnummer? Ich bevorzuge David. Aber schön, dass wir das geklärt haben. Du bist Marlon, richtig? Ich denke, unser Start war nicht besonders gut. Lass uns neu anfangen. Wer weiß, vielleicht haben wir mehr gemeinsam, als du denkst?« Ich reichte ihm die Hand, doch er spuckte nur auf den Boden.

»Verpiss dich einfach. Oder hat dir die Abreibung gestern nicht gereicht?«

Ich zog die Hand zurück und sah mich kurz um. Abgesehen von den Kindern war niemand zu sehen. Ich legte den

Kopf etwas schief, schaute gekünstelt nachdenklich auf den Mann mit den roten Haaren hinunter, der nach wie vor auf der morschen Bank saß.

»Gestern? Ach ja. Da war ja was.«

Ohne Vorwarnung schlug ich ihm mit der Faust ins Gesicht. Er kippte zur Seite und fluchte laut, verstummte jedoch abrupt, als ich mit der Hand sein Gesicht packte. Während Daumen und Zeigefinger die Wangen eindrückten, presste ich die Handfläche auf seinen Mund. Er wandte sich, griff nach meinem Arm, doch das Gift begann bereits zu wirken. Er unternahm noch einige Versuche, mich von sich wegzuschieben, doch die kraftlosen Arme hingen schon bald schlaff an seinem Körper hinunter. Ein Junge, der sich dem Zaun genähert und das Spektakel verfolgt hatte, sah mich mit großen Augen an.

»Wie heißt du?«, fragte ich ihn und lehnte den bewusstlosen Rotschopf gegen die Lehne der Bank. Sein Kopf lag auf seiner Brust und der Atem ging ruhig und regelmäßig.

»Willi«, sagte das Kind und begann nervös an den Bändern seines Pullovers zu zupfen.

»Und magst du Filme?«

Er nickte und steckte sich das Ende eines der Bänder in den Mund.

»Und was ist dein Lieblingsfilm?«

Das Kind kratzte sich kurz die braunen Haare und sah in der Umgebung umher, als würde die Antwort dort irgendwo lauern. Plötzlich machte er einen Satz zur Seite, griff einen Stock und hielt ihn mir entgegen.

»Harry Potter!«, verkündete er und wirbelte mit dem Ast, wie mit einem Zauberstab.

»Ok. Und wer ist der Böse in Harry Potter?«

Willi überlegte wieder kurz. Dann kam er mir ganz nah und winkte mich zu sich runter. Ich gehorchte und hielt ihm mein Ohr hin.

»Du weißt schon wer!«, flüsterte der Knirps.

Ich unterdrückte ein Lächeln.

»Ganz genau. Und jetzt pass gut auf, Willi. Du siehst diesen Mann? Er gehört zu *Du weißt schon wem*. Er wollte Menschen wehtun, deswegen musste ich ihn besiegen. Ich werde ihn jetzt wegbringen, damit er niemandem etwas antun kann. Hast du das verstanden?«

Der Junge sah zuerst erschrocken aus, nickte dann jedoch und grinste breit. Ich legte mir einen Arm von Marlon Claasen über die Schulter und hievte ihn hoch.

»Mach's gut Kumpel«, sagte ich an das Kind gewandt, zwinkerte ihm zu und schleifte mein Opfer dann zum Auto.

Ich öffnete die Tür zur Rückbank und setzte ihn hinein. Es wäre zu auffällig gewesen, hätte ich einen erwachsenen Mann am helllichten Tag in meinem Kofferraum verstaut und wäre dann mit ihm davongefahren. Doch solange das Gift noch seine Wirkung zeigte, würde er keine Probleme machen. Als ich auf dem Fahrersitz Platz genommen hatte, sah ich noch einmal kurz auf den bewusstlosen Mann hinter mich. Von seiner Lippe lief Blut und tropfte auf den Bezug.

»Das hat mir gerade noch gefehlt. Selbst außer Gefecht bist du unerträglich.«

Das knittrige Taschentuch aus meiner Jeanstasche musste vorerst reichen, um größere Flecken zu verhindern. Es war zu riskant, unnötig lange stehen zu bleiben. Bevor ich den Motor startete, holte ich die Pinzette aus dem Tütchen im Handschuhfach, schob das Ende unter das Pflaster an meiner Handfläche und zog es ab. Vorsichtig fasste ich die klebende Fläche an und faltete es so, dass die befeuchteten Seiten aufeinandertrafen, ehe ich es in eine kleine Extratüte warf.

»Das hätten wir«, stellte ich zufrieden fest und sah in den Spiegel. Neben Blut lief dem Rotschopf nun auch noch der Sabber aus dem Mundwinkel.

»So, Marlon. Dann fahren wir mal nach Hause«, sagte ich, und lenkte den Wagen auf die Straße.

KAPITEL 29

Die Reifen meines Wagens wirbelten den trockenen Sand auf, als ich den kahlen Weg zum Grundstück hinauffuhr. Alles war noch so, wie ich es verlassen hatte.

Ich sah in den Rückspiegel auf den Mann mit den rötlichen Haaren, der noch immer schlief. Nachdem das Auto neben dem Tor zu Stehen kam, stieg ich aus, öffnete die Hintertür und hievte die achtzig Kilo vom Sitz. Dann wandte ich mich dem Hof zu.

»Und? Wie gefällt es dir?«, fragte ich über die Schulter. »Das ist der Ort, an dem Psychopathen gemacht werden. Und manch einer stirbt.«

Die Füße meines Opfers hinterließen Schleifspuren im Sand, während ich es bis zur Scheune zog.

Mein Blick fiel sofort auf die Sense. Sie rief nach mir, wollte, dass ich das Klingenblatt einschlagen ließ, doch es war noch zu früh. Für Marlon Claasen hatte ich einen anderen Plan. Ich legte ihn auf den staubigen Boden, schnipste zwei Mal an seinem Ohr, um mich zu vergewissern, dass er noch nicht wach wurde, und ging dann zurück zum Auto. Im Kofferraum lagen eine lange, eiserne Kette und diverses Werkzeug. Alles unter den Arm geklemmt, verriegelte ich den Wagen und begab mich zurück zu meinem Gast. Mein Vorhaben verlangte einiges an Vorbereitungen, weswegen ich keine Sekunde zögerte und sogleich begann.

Die Metallleiter, die noch von damals in der Scheune stand, hatte sich über die Jahre gut gehalten und erwies mir einen kostbaren Dienst. Ich stieg hinauf, testete dabei jede Stufe vorher an, ehe ich das ganze Gewicht darauf verlagerte, bis ich ganz oben angekommen war. Früher hatte ich es nicht geschafft, doch heute erreichte ich den Balken unter der Decke. Die Kette rasselte laut, als sie über das Holz geworfen wurde und am anderen Ende der Schwerkraft zum Opfer fiel.

Wieder am Boden, band ich Marlon Claasens Handgelenke über dem Kopf mithilfe eines dünnen Seils zusammen, wickelte es mehrmals um beide Arme und befestigte anschließend einen Teil des herunterhängenden Eisens daran. Die Beine des noch immer schlafenden Mannes knotete ich ebenfalls zusammen. Nun fehlte nur noch das schwarze Tuch, das seine Augen verdecken sollte. Als er keine Bewegungsmöglichkeit mehr hatte, testete ich ruckartig, ob die Kette an den Gelenken festsaß, und zog ihn daran ein Stück hoch, über den dreckigen Scheunenboden.

»Sehr gut«, sagte ich ruhig und widmete mich dem noch in der Luft baumelnden Ende des Eisens. Ich packte es mit beiden Händen und ging langsam rückwärts auf einen Balken zu, der inmitten der Scheune stand und den ich mir bereits vorher für mein Vorhaben ausgesucht hatte. Es verlangte

mehr Kraft als zunächst angenommen, als der schwere Körper am anderen Ende in die Luft gehoben wurde.

»Verdammt noch mal! Komm schon!«, fluchte ich und biss
die Zähne zusammen.

Schweiß trat mir auf die Stirn, was nicht zuletzt daran lag,
dass ich noch immer meine Jacke trug. Kaum, dass ich es um
den Balken geschafft hatte, stemmte ich mich mit meinem
ganzen Gewicht in Zugrichtung, um eine Hand von dem Metall lösen zu können und einen Karabinerhaken aus der Jackentasche zu holen. Er war groß genug, um zwei Glieder
der Kette zu verbinden, die nun parallel hingen. Es klickte,
ich schraubte kurz, um den Haken endgültig zu fixieren, und
ließ dann schnaufend los. Mein Blick wanderte zu dem Rotschopf.

»Zeit aufzuwachen«, flüsterte ich und holte meine letzte
Ampulle mit dem Gegengift und eine Spritze hervor. Ich
setzte den Schuss und trat dann zurück. Es würde nicht lange
dauern. Genau wie damals bei Elena, stellte ich mich vor ihn
und wartete geduldig. Nach wenigen Minuten war es soweit.
Seine Lippen bewegten sich leicht, die Nase zuckte und auch
die Augen schienen unter dem Tuch Licht zu suchen.

»Scheiße, was ist hier los?« Die Stimme klang noch etwas
schwach.

Ich beobachtete ihn, schritt um den an den Handgelenken aufgehängten Körper herum und begutachtete meine Konstruktion. Es schien alles zu halten.

»Hallo? Ist da jemand?«

Er fand wieder mehr Kraft zu reden und begann sogar den Kopf zu beiden Seiten zu drehen.

»Hilfe!«, schrie er plötzlich aus voller Inbrunst.

Es war so laut, dass ich die Augen zusammenkniff und den Kopf leicht abwandte, um mein empfindliches Gehör nicht unnötig zu belasten.

»Hilfeeeee! Hört mich denn niemand?!«

»Es hat keinen Zweck«, sagte ich ruhig, während ich einen Stuhl von Spinnweben befreite und zu meinem Opfer brachte.

Ich setzte mich etwa einen halben Meter entfernt von ihm auf die Sitzfläche und schlug die Beine übereinander.

»Bitte! Helfen Sie mir!« Der Narr begriff seine Lage nicht.

»Weißt du Marlon, jeder muss irgendwann für seine Sünden bezahlen«, begann ich und wischte etwas Staub von meiner Hose. »Und heute bist du dran.«

»Was? Was labern Sie da? Jetzt helfen Sie mir doch endlich!«

»Eigentlich darf man dir keinen Vorwurf machen. Wir suchen uns nicht aus, in wen wir uns verlieben. Das ist eines der wenigen Dinge, die wir nicht kontrollieren können. Man sagt, Liebe sei ein Gott. Manchmal kommt er zu Besuch und manchmal eben nicht.«

Der Kopf des Mannes drehte sich von links nach rechts, kreiste und schüttelte sich. Er wollte das Tuch loswerden.

»Die Gesellschaft heißt deine Taten nicht gut, meidet dich einfach nur oder wird deine arme Seele hinter Gittern wünschen. Aber ich nicht.« Ich stand auf und trat so nah zu ihm, dass ich seinen stinkenden Atem riechen konnte.

»Ich will, dass du leidest.« Mein Flüstern unmittelbar an seinem Ohr ließ ihn zusammenzucken.

»Wovon reden Sie, Mann? Was für Taten? Ich bin unschuldig! Ich hab' nie jemandem was getan!«

Die Panik in seiner Stimme war unüberhörbar. Ohne auf seine Worte einzugehen, zog ich mein glücklicherweise wieder funktionierendes Handy hervor und durchstöberte die Bildergalerie. Dann riss ich dem Rotschopf das Tuch vom Kopf.

»Du?! Du hast mir das hier angetan? Geht es immer noch darum, dass ich dir eine verpasst habe?«

Seine Stimme klang nun weniger ängstlich als vorher.

»Lass mich sofort runter!«, schrie er und wand sich hin und her.

Ohne eine weitere Sekunde ins Land gehen zu lassen, hielt ich ihm das Display vor die Nase.

»Was ist das?«, fragte ich und spielte das Video, das Elena mitten in der Nacht erhalten hatte, ab.

Marlon Claasen riss die Augen weit auf, schüttelte langsam den Kopf.

»Nein! Woher hast du das?! Sag schon!«

»Das spielt überhaupt keine Rolle.« Meine Stimme war ruhig. Ich verstaute das Handy wieder in meiner Gesäßtasche und sah dann zu Boden.

»Alter, komm schon! Du hast es selbst gesagt! Ich kann nichts dafür! Ich habe es mir nicht ausgesucht! Deine Worte!«

»Ja, das stimmt. Du bist einfach nur deinen Bedürfnissen gefolgt«, stimmte ich ihm zu.

»Ja, Mann! Genau! Ich konnte nicht anders!«

»Du meinst, Triebe sind da, damit man ihnen Folge leistet?« Ich ging zu dem nahegelegenen Stuhl, zog die Jacke aus und legte sie über die Lehne. Der Rotschopf nickte aufgeregt.

»Verstehe.«

Ich war die Ruhe selbst, als ich zur Werkbank ging, die Ärmel meines Sweatshirts hochschob und das Teppichmesser in die Hand nahm. Die Klinge fuhr mehrere Zentimeter aus der Halterung, während ich mich Marlon Claasen wieder näherte.

»Wenn das so ist …«

Ohne Vorwarnung setzte ich das Messer an seiner Brust an und zog es nach unten. Das T-Shirt riss auf. Ich packte die noch an wenigen Fäden zusammenhängenden Teile und riss sie entzwei. Die glattrasierte Brust mit vereinzelten Leberflecken, sowie der blasse Bauch lagen nun frei.

»Was hast du vor?« Die Stimme meines Opfers zitterte leicht, obwohl er sich mühte, keine Schwäche zu zeigen.

»Ich möchte ein Spiel mit dir spielen. Die Regeln sind einfach. Ich stelle dir eine Frage und für jede Lüge schneide ich dir ein Körperteil ab.«

»Was?! Spinnst du?!«

»Hm. Jetzt wo du es sagst.« Ich betrachtete das kleine Messer in meiner Hand. »Hiermit wird es wohl kaum möglich sein, Knochen zu durchtrennen. Na ja, mir wird schon was einfallen. Lass uns erst mal anfangen.«

»Lass mich runter!« Er wand sich wie ein Aal, doch das half dem Rotschopf wenig.

»Beginnen wir mit etwas Einfachem. Zum Beispiel mit dem Video. Der darin gezeigte Mann bist du, richtig?«

»Nein! Das bin ich nicht!«

Er riss den Kopf von links nach rechts, sagte immer wieder, dass ich falsch lag. Ich seufzte.

»Ach komm schon. Du hast es vorhin bereits zugegeben und auf einmal ist es nicht mehr wahr?« Ich riss die Arme verständnislos hoch. »Jetzt muss ich dich wohl für deine Lüge bestrafen. Hm, mal sehen.«

Ich ließ die Klinge des Teppichmessers zurück ins Plastik gleiten, verstaute es in meiner Hosentasche und sah mich um. Mein Blick fiel auf die alte Werkbank meines Vaters. Ohne zu zögern ging ich auf sie zu und zog die Schubladen auf. Dann grinste ich. Meine Finger nahmen einen der rostigen Nägel, betasteten die Spitze.

»Das sollte funktionieren.«

Mit der freien Hand griff ich nach dem Hammer, der ebenfalls bereits Rostansätze hatte. Als ich meinem Opfer gegenübertrat, riss es die Augen so weit auf, dass ich glaubte, die Augäpfel würden jeden Moment hinausfallen.

»Was … Was hast du damit vor?«

»Jesus wurde gekreuzigt, aber das fällt bei dir bereits aus mehreren Gründen aus. Dafür müsste ich schließlich die da abmachen.« Ich deutete mit dem Hammer auf die Ketten um seine Handgelenke. »Also nehmen wir den hier.«

Ich beugte mich etwas runter, sodass mein Kopf seinem freigelegten Bauch gegenüberlag. Ich setzte einen der Nägel an die blasse Haut und sofort sog Marlon Claasen die Luft ein, um sich dem rostigen Metall zu entziehen. Genervt sah ich zu ihm auf, sagte jedoch nichts. Als ihn die Spitze des

Nagels erneut berührte, ging sein Atem rasend schnell. Die Bauchdecke spiegelte dies ganz klar wider. Es erschwerte mir, einen Punkt zu finden, an dem ich den Nagel einschlagen konnte, ohne ein Organ zu treffen, dass unser Spiel womöglich schneller beendete, als es mir lieb war. Als er nicht aufhörte, unregelmäßig zu atmen, stand ich auf, seufzte kurz und schlug den Nagel dann ohne Vorwarnung in seine Schulter. Als würde man mit einem Messer weiche Butter schneiden, versank das Metall im Fleisch, als der Hammer dessen Kopf traf. Der Rothaarige schrie schmerzerfüllt auf. Er wurde noch bleicher, als er ohnehin schon war, als Blut aus der Wunde lief.

»So. Machen wir mit der zweiten Frage weiter. Wie bist du an das Mädchen gekommen?«

Mein Opfer verzog schmerzverzerrt das Gesicht und biss sich auf die Unterlippe. Er machte keine Anstalten zu antworten.

»Vielleicht sollten wir eine weitere Regel einführen. Jedes Mal, wenn du nicht antwortest, wird dich ein weiterer Nagel verzieren. Man sagt zwar immer, Schweigen sei Gold, doch ich will Antworten. Also rede oder leide.«

Er sah mich entsetzt an. Sein Kinn zitterte und die Stimme war wacklig, als er mir antwortete.

»Sie hat mich angesprochen.«

Ich beobachtete seine Gesichtszüge, während die Worte seinen Mund verließen. Für einen kurzen Moment war es still. Dann ging ich erneut zur Werkbank, holte den zweiten Nagel und schlug ihn in die andere Schulter. Wieder entfuhr dem Mann ein schmerzerfüllter Schrei.

»Was soll das? Ich habe doch geantwortet.«

»Das schon. Aber nicht wahrheitsgemäß.«

»Woher willst du das wissen?«

»Es gibt viele Hinweise, die Menschen verraten, wenn sie lügen. Beispielsweise neigen viele dazu, sich währenddessen an die Nase zu fassen, ihren Mund zu verdecken, an der Kleidung zu nesteln oder die Füße von dem Gesprächspartner wegzudrehen. Das alles ist in deiner jetzigen Situation jedoch nahezu unmöglich. Dennoch ist unser Körper komplex genug, um auch in einem Zustand vollkommener Fixierung, wie es jetzt gerade bei dir der Fall ist, genug Anzeichen für Lügen freizulegen. Nehmen wir zum Beispiel deinen Schweißausbruch, der in einem Angstzustand, in den wir während des Lügens normalerweise verfallen, einen besonderen Geruch absondert, der andere in Alarmbereitschaft versetzt. Oder die Tatsache, dass du dir ständig über die Lippen leckst, wenn du etwas sagst, die schnelle Atmung, obwohl diese auch von den Schmerzen herrühren kann. Aber am sichersten ist meiner bescheidenen Meinung nach das

Weiten der Pupillen. Wenn wir Angst haben erwischt zu werden, passiert das ganz von allein. So wie bei dir eben.«

Marlon Claasen lauschte meinen Ausführungen stumm, während die Kauleiste erneut in seine Lippe biss.

»Da du mich eben belogen hast, bleibt meine Frage bestehen und ich rate dir, diesmal ehrlich zu sein. Das Mädchen. Woher hattest du sie? Und denk daran, dass es sinnlos ist, die Unwahrheit zu sagen.«

Der Rotschopf wich meinem Blick aus, runzelte dann die Stirn und sagte, ohne mich anzusehen: »Ich habe sie angesprochen, als sie vor unserem Hauseingang gespielt hat.«

Ich schüttelte nur den Kopf.

»Was? Was denn, verdammt?!«, er schrie, verstand nicht, weswegen meine Finger den nächsten Nagel aus der Schublade holten und ich das Metall zwischen Schulter und Schlüsselbein ansetzte.

»Falsch«, sagte ich bestimmt und hämmerte zu. »Du bist ein Narr, Marlon. Angesichts deiner Situation und der Gerissenheit, wie du an das Kind gekommen bist, hatte ich mehr Intelligenz erwartet. Du weißt, was passiert, wenn du mich anlügst und dennoch kannst du es nicht lassen. Oder gefällt es dir vielleicht sogar? Magst du das Gefühl, wenn der rostige Nagel in dich eindringt und dein Gewebe zerfetzt?«

»Ich habe nicht gelogen«, presste er keuchend hervor.

»Dein Gesicht sagte etwas anderes. Ich sage es dir gern noch einmal. Du kannst mich nicht täuschen. Also versuche es erst gar nicht.

»Internet.«

»Wie bitte?«

»Aus dem Internet, verflucht noch mal!«

»Jetzt kommen wir der Sache doch schon näher. Wenn du jetzt so freundlich wärst und etwas ausführlicher werden könntest?«

Ich setzte mich auf den Stuhl und sah ihn erwartungsvoll an. Der Rotschopf zögerte, begann dann jedoch zu reden.

»Das Darknet. Ich habe mir Bitcoins gekauft und bin auf … na ja … solche Seiten gegangen. Seiten für Leute wie mich.«

»Für Pädophile«, korrigierte ich ihn und erntete dafür einen abwertenden Blick. Doch seine Reaktion ließ mich kalt.

»Jedenfalls war da dieser Typ. Er hatte angeboten, Mädchen für einige Stunden zur Verfügung zu stellen. Und da habe ich mich bei ihm gemeldet.« Er pausierte kurz. »Mein Mund ist ganz trocken. Darf ich etwas trinken?«

»Nein«, unbeeindruckt betrachtete ich kurz meine Fingernägel und dann wieder ihn.

»Du hast also mit Bitcoins bezahlt, das Mädchen in Empfang genommen und dich dann ausgetobt?«

Er nickte nur.

»Na schön. Dann sind wir ja schon ein bisschen weiter. Wie viele waren es?«

»Was?«

»Wie viele Kinder hast du gekauft?« Bei dieser Frage wurde das Gesicht meines Opfers schlagartig rot.

»Das dachte ich mir. Weißt du, Marlon, ich hatte die Gelegenheit, deine Kontoauszüge zu begutachten. Demzufolge hast du wirklich viel Geld in Bitcoins investiert. Bei einem Mädchen wird es nicht geblieben sein, wenn ich an die Abstände der Überweisungen denke.«

Er schwieg weiterhin. Ich war gerade aufgestanden und machte einen Schritt in Richtung Werkbank, als er mir eine Zahl nannte.

»Drei.«

»Drei Kinder? Bist du sicher?«

Er nickte. Ich ging wieder zu ihm, zog noch im Gehen das Teppichmesser aus der Gesäßtasche, ließ die Klinge hervortreten und setzte sie an die Brust des Mannes.

»Hey! Was soll das? Ich habe die Wahrheit gesagt!«

»Niemand hat gesagt, dass du in diesem Fall nicht bestraft wirst, richtig?«

Blut trat aus dem Torso, als ich etwas Druck auf das Messer ausübte. Ich führte Klinge von seinem Schlüsselbein bis auf die Höhe seines Herzens. Es war ein gerader und glatter Schnitt, dem zwei weitere unmittelbar daneben folgten. Marlon Claasen schrie erneut auf.

»Drei Narben für drei Kinder. Sei froh, dass du so glimpflich davonkommst.«

»Du lässt mich gehen?« Seine Augen weiteren sich kurz. Ich antwortete nicht, sondern fuhr mit der nächsten Frage fort.

»Wie viel hast du für ein Kind bezahlt?«

»Ich … ich weiß nicht.«

»Denk in Ruhe nach. Wir haben hier alle Zeit der Welt. Andererseits habe ich auch noch genug Nägel, sollte es mir doch zu lange dauern.« Ich zog eine Schnute und sah verheißungsvoll zur Werkbank hinüber.

Der Rotschopf schluckte.

»Siebzig, nein. Einundsiebzig vielleicht?«

»Einundsiebzig was? Euro?«, hakte ich nach.

Er schüttelte langsam den Kopf.

»Nein, Bitcoins. Also um genau zu sein 0,071 Bitcoins.«

Ich zog mein Handy aus der Tasche und tippte darauf herum.

»Ich bin kein Mathegenie, aber wenn ein Kind 0,071 Bitcoins kostet, was schon abartig genug ist, und du drei Kinder gekauft hast, dann sind das doch insgesamt 0,213 Bitcoins, richtig?«

Ich stand auf, holte einen weiteren Nagel und schlug ihn neben die anderen ins Fleisch. Anschließend kam das Messer wieder zum Einsatz. Ich setzte einen weiteren Schnitt neben die bereits vorhandenen drei. Anschließend glitt die Klinge quer über die anderen und vollendete so die Fünf. Doch meine Strichliste war noch lange nicht fertig. Sechs, sieben, acht, neun, Querschnitt, elf, zwölf, dreizehn, vierzehn. Schweratmend warf mein Opfer den Kopf in den Nacken, er keuchte, hustete dann und rang um Luft.

»Dein Pech ist mein Gedächtnis. Die Geldbewegungen auf deinem Konto beliefen sich auf rund siebentausend Euro. Der aktuelle Kurs für den Bitcoins hat mir verraten, dass du für siebentausend Euro einen ganzen Bitcoin bekommst. Der Rest ist simple Mathematik. Du hast schon wieder gelogen. So langsam geht selbst mir die Geduld aus. Dachtest du, eine geringe Zahl würde dich retten?«

Ich tippte mit der Klinge auf seine Brust, während ich ihm ins Gesicht sah.

»Wie alt waren die Kinder?«

Marlon Claasen schluckte erneut. Ich sah, wie er stärker zu schwitzen begann, spürte seinen ekelhaften Atem in meinem Gesicht und unterdrückte den Impuls, ihm ins Gesicht zu schlagen, damit er aufhörte.

»Vi… Vier? Fünf? Einige vielleicht sechs?«, stotterte er unsicher. Ich schloss die Augen und bemühte mich ruhig zu atmen. Vier Jahre alt. Genau wie Mia. Sechs Jahre alt. Genau wie Daria. Kleine Mädchen, die das Leben gerade erst zu genießen begannen.

Ohne Vorwarnung schlug ich ihm nun doch ins Gesicht. Als sein Kopf zur Seite fiel, packte ich ihn mit einer Hand an den Haaren und hielt ihn fest. Die andere Faust drosch immer weiter auf ihn ein. Blut spritzte von seiner Lippe in mein Gesicht. Die Augenbraue platzte auf und die Nase knackte laut. Erst als ich selbst schwer atmete und mich nicht mehr in der Lage fühlte, so hart zuzuschlagen, wie er es verdient hätte, ließ ich die roten Locken los und trat einige Schritte zurück. Sein Kopf sackte auf die Brust. Marlon Claasen hatte keine Kraft mehr, ihn aufrecht zu halten, hustete immer wieder und spuckte Blut aus, das sofort im staubigen Boden versiegte. Als ich wieder etwas zu Atem gefunden hatte, sog ich die Luft ein letztes Mal tief ein und schnaubte sie durch die Nase wieder aus. Meine Hand fuhr durch mein braunes Haar und schob die mir ins Gesicht hängenden Strähnen zurück. Meine schweißnasse Stirn pochte und der starke Kopfschmerz ließ mich kurz die Augen zusammenkneifen. Es war zu viel gewesen. Ich brauchte dringend ein wenig Ruhe.

Ohne Marlon Claasen anzusehen, griff ich nach der Jacke, die noch immer über der Stuhllehne hing und ging in Richtung Scheunentor.

»Überleg dir schon mal deine letzten Worte. Morgen führe ich dich eigenhändig zum Schafott«, sagte ich ruhig über die Schulter hinweg an mein Opfer gerichtet, ehe ich ins Freie trat. Hinter mir hörte ich den Rotschopf leise Wimmern, doch das war egal. Die Würfel waren gefallen und sein Schicksal bereits besiegelt. Am kommenden Tag würde er sterben.

KAPITEL 30

Es war bereits früher Sonntagabend, als ich meine Wohnung erreichte. Gerade noch rechtzeitig schaffte ich es auf die Couch, ehe meine Beine unter mir nachgaben. Daria.

Marlon Claasen hatte vierzehn Kinder missbraucht. Ich wusste nicht, was mit ihnen danach geschehen war, und war mir nicht sicher, ob ich das überhaupt wissen wollte. Hatte ich mich normalerweise immer im Griff, ging mir dieser Vorfall doch stark an die Nieren.

Wie krank musste ein Mensch sein, sich an Kindern zu vergehen? Er hatte ganze siebentausend Euro ausgegeben, um seinen Gelüsten Folge zu leisten, und angesichts seines Kontostandes war dies fast sein gesamtes Vermögen gewesen. Ein ungutes Gefühl beschlich mich, als ich die Geschehnisse, die mein Opfer mir erläutert hatte, zusammensetzte. Das große Ganze war unvollständig. Es fehlte etwas in diesem ganzen Wirrwarr. Doch was war es? Was übersah ich?

Just in diesem Moment klingelte es an meiner Tür. Mühsam rappelte ich mich von der Couch hoch und schlurfte zur Sprechanlage an der Wohnungstür.

»Ja?«

»David, mach bitte auf. Wir müssen reden.«

Elena klang ernst und ich überlegte, wie ich mich dieser Situation entziehen könnte, resignierte jedoch und öffnete die Haustür durch Betätigung des dafür vorgesehenen Knopfes. Dann fielen mir die blutbeschmierten Hände auf. Ich hastete ins Bad, wusch die rote, klebende Flüssigkeit mit Seife von der Haut und ebenso aus meinem Gesicht. Im Hausflur ertönte lautes Getrampel. Zu laut für nur eine Person. Überfordert von diesem plötzlichen Besuch betrachtete ich mein gesamtes Erscheinungsbild. Mein Sweatshirt hatte ebenfalls dunkle Flecken und die Hose war an dem unteren Teil der Hosenbeine etwas staubig. Als es dann gegen das Holz hämmerte und Elena mich aufforderte, die Tür zu öffnen, hatte ich keine Zeit mehr, um zu reagieren. Ich zog den Reißverschluss der Jacke zu, klopfte den Staub ein wenig ab und öffnete. Dann war mir klar, weshalb sie so laut waren.

»Mach bitte den Weg frei. Wir haben einen Durchsuchungsbefehl.«

Die blonde Kommissarin sah mich mit eiskaltem Blick an und reichte mir ein Blatt Papier. Noch bevor ich es lesen konnte, drängten sich zwei uniformierte Männer und Caius Klingenberg an mir vorbei.

»Kommissar Klingenberg? Sie sind nicht mehr im Krankenhaus?«, fragte ich und folgte ihm mit meinen Augen.

»Rumliegen und nichts tun ist nicht so mein Ding.«

»Und Ihre Verletzung?« Ich deutete auf Höhe seiner Rippen.

»Wird mit jedem Tag besser.«

»Lass den Mann seine Arbeit machen«, fuhr Elena mich von der Seite an.

Ich sah ausdruckslos zu ihr und widmete mich dann dem Schreiben. Tatsächlich war es ein gerichtlich beschlossener Durchsuchungsbefehl.

»Sauber«, ertönte es aus der Küche. Dann aus dem Bad.

Mein Magen krampfte, als Klingenberg mein Schlafzimmer betrat. Es gab Dinge, die Elena nicht wissen durfte. Zumindest noch nicht. Wie erstarrt wartete ich an der Seite der Kommissarin, dass ihr Kollege endlich wieder zurückkam. Es dauerte gefühlt Stunden, ehe auch Klingenberg versicherte, dass er nichts gefunden hatte.

»Was soll das heißen, ihr habt alle nichts gefunden? Er muss hier irgendwo sein!«, fauchte Elena und starrte die drei Männer an.

»Was genau dachtest du denn hier zu finden?«, fragte ich an sie gewandt, doch sie drehte sich nur um und verließ die Wohnung.

»Marlon Claasen. Seine Freundin hat auf dem Revier verlangt, ihn zu sprechen. Da hatten wir ihn aber längst freigelassen. Scheinbar ist er nicht zu Hause angekommen.«

»Freigelassen? Ich verstehe nicht. Er ist doch der Hauptverdächtige?«, mimte ich den Dummen und sah erstaunt in Klingenbergs blaue Augen.

»Wir haben keine Beweise und man darf Verdächtige nur vierundzwanzig Stunden festhalten. Das Video allein reicht leider nicht, weil es der Staatsanwaltschaft zu unscharf ist.« Klingenberg verzog verärgert, fast schon verbissen das Gesicht.

»Sie wirken mir etwas übermotiviert?«

»Was? Blödsinn! Der Typ hat mehrere Kinder vergewaltigt! Er verdient es nicht, frei auf der Straße herumzulaufen! Wenn ich den in die Finger kriege ...«

»Klingenberg!«, rief eine Stimme aus dem Hausflur. Sein Name hallte zwischen den Wänden wider.

»Moment!«, brüllte er zurück. »Elena war wie besessen von dem Gedanken, dass Sie Marlon haben. Deswegen machte sie sich sofort auf den Weg, um einen Durchsuchungsbefehl zu erwirken. Also wenn hier einer übermotiviert ist, dann sie. Schließlich hat sie ganz abrupt ihren Urlaub nur deswegen abgebrochen.«

»Ich verstehe dennoch nicht, wieso sie glaubt, dass ich damit etwas zu tun habe.«

»Die Lebensgefährtin sagte aus, dass ihr ein Mann vor der Wohnung aufgefallen sei. Er habe dort wohl schon seit mehreren Tagen immer gelauert. Anfangs war er ihr nicht besonders merkwürdig vorgekommen. Aber als sie ihn täglich und immer zu unterschiedlichen Zeiten in seinem Auto unmittelbar vor deren Haustür warten sah, wurde sie doch aufmerksam. Sie denkt, dass jener Mann Marlon entführt haben könnte.«

»Und die Beschreibung dieses Mannes passte auf mich?«

»So richtig beschreiben konnte sie ihn nicht. Er saß immer in seinem dunklen Wagen und trug eine Sonnenbrille. Aber Elena reichten diese Hinweise. Ich weiß auch nicht, was mit ihr los ist.« Der junge Polizist zuckte mit den Achseln.

»Klingenberg!« Elena war wieder in die Wohnung gekommen und sah uns wütend entgegen. »Wir sind hier nicht zum Kaffeeklatsch!« Die Blondine tobte förmlich. So hatte ich sie noch nie gesehen.

»Ja, ja. Ist ja gut.«

Er hob resignierend die Arme. Kurz bevor er aus der Tür trat, sah er noch einmal über die Schulter. »Entschuldigen Sie bitte die Unannehmlichkeiten, Doktor.« Dann folgte er Elena hinaus.

Ich schloss die Tür und ging zum Fenster. Draußen warteten die beiden anderen Polizisten auf ihre Kollegen. Als alle beisammen waren, schien die einzige Frau unter ihnen ihren jungen Kollegen zurechtzustutzen. Sie gestikulierte wild, während er sich lässig gegen das Auto lehnte und die Arme verschränkt hielt. Irgendwann stiegen sie in die Streifenwagen und fuhren von dannen.

Meine Hand ballte sich zur Faust. Das war knapp. Verdammt knapp. Zwar waren sie gekommen, um den Rotschopf zu finden, doch hätte ich eine Menge Probleme gehabt, wenn ihr Augenmerk auf die Blutflecken oder meine Knöchel gefallen wäre.

Ohne eine weitere Sekunde zu verschwenden, entkleidete ich mich im Badezimmer, warf alles in die Waschmaschine und startete den Waschvorgang. Dann ging ich ins Schlafzimmer und setzte mich, nackt wie ich war, auf die Bettkante. Erst als mein Blick durch das Zimmer glitt, fiel mir auf, dass Klingenberg die Schränke aufgemacht und die Türen offengelassen hatte. Abgesehen von meinem Nachtschrank. Mit den Fingern umfasste ich den schmalen Griff und zog ihn auf. Es war zwar noch da, doch hatte er es definitiv angerührt. Niemals würde das dünne, schwarze Bändchen, das den aktuellsten Eintrag markierte, schräg liegen. Nicht, wenn ich es schloss. Doch Klingenberg hatte die Dreistigkeit besessen und in meinem Tagebuch gelesen.

KAPITEL 31

»Dann bis nächste Woche«, verabschiedete ich den jungen Mann, der unter Panikattacken litt und mich erst seit Kurzem aufsuchte.

Er war ungefähr Mitte dreißig und sehr schmächtig gebaut. Das kurze, braune Haar stand immer etwas zerzaust in alle Richtungen ab und ließ ihn insgesamt ein wenig tollpatschig und verwirrt wirken.

Als ich ins Wartezimmer spähte, um ihm mit meinem Blick zu folgen, sah ich bereits meinen nächsten Patienten.

Er war ebenfalls männlich, etwa achtzehn und von kräftiger Statur. Seine blonden Haare waren an den Spitzen dunkel gefärbt und hingen ihm ins Gesicht. Neben ihm saß ein etwa gleichaltriger Typ in Kapuzenpullover und mit einem Ohrring. Seine schwarzen Haare standen ihm zu Berge.

»Moment bitte. Ich rufe Sie gleich auf.«

Mit einem Lächeln schloss ich die Tür zu meinem Sprechzimmer, trat an den Schreibtisch und räumte die Akte Johannson in den Schrank. Für einen Montag hatte ich vergleichsweise viel zu tun, was mir streng genommen überhaupt nicht passte. Mittlerweile waren es fast mehr Patienten, als mir lieb sein konnte, zumal es jemanden gab, der auf mich wartete.

Ich zupfte noch einmal an meinem Hemd und bat den jungen Mann dann herein. Er warf seinem Freund einen unsicheren Blick zu, dieser hingegen klopfte ihm nur ermutigend auf die Schulter.

»Ihr Freund?«, fragte ich nach dem Offensichtlichen, um das Eis zu brechen.

»Ja, mein bester. Seit ich klein war.« Er setzte sich auf einen der Sessel.

Sein Name war Lennox Kastner, entgegen meiner Vermutung war er bereits neunzehn und hatte gerade erst ein Studium begonnen. Der junge Mann war mein erster Patient, der glaubte Geister zu sehen. Ich lauschte seinen Erzählungen über eine verheißungsvolle Nacht, in der er gemeinsam mit seinem Freund Noah, der draußen wartete, und einigen anderen Freunden ein sogenanntes Ouijabrett nutzte. Seitdem habe sich alles verändert.

Ich ließ ihn ausreden, unterbrach seinen Redefluss nur, wenn es wirklich notwendig war. Jedoch nicht, weil die Geschichte so unglaublich fesselnd war, sondern weil mir die Worte von Kommissar Klingenberg in den Sinn kamen. Der Polizist sagte, dass Marlon Claasen mehrere Kinder vergewaltigt hatte. Mehrere. Bisher konnte er nur von dem Kind wissen, das auf dem Video zu sehen war. Waren es nur Worte, die aus seinem Mund gesprudelt waren oder wusste er mehr, als er zugab?

»Verstehen Sie mein Problem?«, unterbrach Lennox meinen Gedankengang.

»Um ehrlich zu sein, bin ich nicht sicher, ob ich dir in dieser Angelegenheit helfen kann. Zwar ist es mein Spezialgebiet die menschliche Psyche zu untersuchen und bei Heilungsprozessen zu helfen, doch wenn du wirklich denkst, dass du Geister siehst, werde ich dir nur helfen können, sofern es Halluzinationen sind.«

»Ja, das habe ich mir schon gedacht. Vielleicht sollte ich doch eher zu einem Exorzisten. Aber Noah will einfach nicht. Verdammt, das ist alles so schwierig. Aber in Ordnung. Ich werde erst jemand anderen aufsuchen und wenn das nicht hilft, dann komme ich wieder. Wäre das in Ordnung?« Ich nickte.

Der junge Mann sprach noch etwas weiter, bewegte sich dann jedoch zum Gehen und verabschiedete sich.

Verärgert über meine mangelnde Konzentration gegenüber meines Patienten ballte ich die Hand zur Faust. Natürlich gab es Wichtigeres als die Arbeit. Doch gerade jetzt da Elena mich im Visier hatte, durfte ich mir keine Blöße geben. Laut meines Plans wäre Mala meine nächste Patientin. Gerade ihr gegenüber musste ich so normal wie möglich bleiben. Sobald sie weg sein würde, wäre die Bahn frei für alle meine Gedankenexperimente und -sprünge. Doch erst danach!

Ich warf einen kurzen Blick ins Wartezimmer. Sie war noch nicht da. Stattdessen stand eine andere junge Frau am Tresen. Ohne ein Wort zu sagen, verschwand ich wieder im Büro, nur um kurz darauf ein Klopfen in meinem Rücken zu vernehmen. Es war zaghaft, fast schon schüchtern und schien das massive Holz der Tür eher zu streicheln.

»Was gibt es denn?«, fragte ich und stand der jungen Frau plötzlich direkt gegenüber.

»Guten Tag, Dr. Leptin. Corinna Ritter mein Name. Sie meinten, ich dürfe einmal vorbeikommen und mich vorstellen.« Sie lächelte mich breit an und hielt mir eine Hand zur Begrüßung entgegen.

Frau Fink, die neugierig über ihren Tresen lugte, ähnelte mit dem lang gestreckten Hals einer Giraffe, die das höchste Blatt des Baumes erreichen wollte.

»Ah, Frau Ritter. Ja, bitte. Ich habe einige Minuten Zeit.«

Nach einem kurzen Händeschütteln wippte sie fast schon an mir vorbei in das Sprechzimmer, sah sich um und drehte sich dabei wie ein Schulmädchen im Kreis.

»Sie sind wegen der Stelle als Empfangsdame hier?«

»Ja! Genau! Die Ausschreibung! Ich hoffe, Sie haben noch niemanden gefunden? Oh, Entschuldigung. Das war wohl etwas zu vermessen.«

Die junge Frau redete zwar wie ein Wasserfall, doch ihre unbeschwerte Art gefiel mir sehr viel besser, als die der miesepetrigen Frau Fink.

»Keine Sorge. Noch habe ich niemanden. Haben Sie Referenzen dabei?« Sie nickte und reichte mir eine Bewerbungsmappe.

»Nehmen Sie bitte einen Moment Platz. Ich sehe sie mir gleich an.«

Die Zensuren waren mir egal, ebenso wie die Beurteilung. Ich blätterte nur durch den Hefter, um ihre Ordnung zu überprüfen. Alle Blätter waren faltenfrei, hatten keinerlei Flecken und waren fast schon penibel abgelegt.

»In Ordnung. Das sieht sehr gut aus. Wann können Sie anfangen?«

»Sofort!« Sie strahlte über das ganze Gesicht, sprang von dem Sessel auf und wäre mir wahrscheinlich fast um den Hals gefallen, besann sich jedoch, ruhiger zu werden.

»Sehr schön. Dann willkommen.«

Ich schenkte ihr ein Lächeln und einen Händedruck. Dabei entging mir nicht die Röte, die in ihre Wangen stieg, ebenso wenig, wie der ausweichende Blick. Ich legte ihr eine Hand auf den Rücken und schob sie sanft zur Tür.

»Frau Fink?« Die ältere Frau stand auf und sah mich erwartungsvoll an. »Das ist Frau Ritter. Sie wird ab heute den Empfang leiten. Ich möchte, dass sie ihr alles zeigen.«

Meiner Sekretärin fiel die Kinnlade herunter, als ihr klar wurde, was das für sie bedeuten würde, während meine neue Mitarbeiterin aus dem Grinsen nicht herauskam. Sehr gut. Ein Gewissen hatte sie also auch nicht. Noch bevor Frau Fink etwas erwidern konnte, betrat Mala den Wartebereich. Ich ging zurück in mein Sprechzimmer und nahm mir noch einige Minuten, ehe ich sie empfangen würde.

Mala war wichtig. Es war zwingend notwendig, dass ich dem Mädchen zuhörte, reagierte und half, wo es nur ging. Nicht nur, um Elena gegenüber die Fassade aufrecht zu erhalten, sondern auch, weil es Silas gewesen war, der die Welt der Polizistentochter zerstört hatte. Silas. Mein Schützling. Das bedeutete, dass ich einen Großteil an Schuld an ihrer Lage trug. Es gab nicht viele Wege, um meine Schuld zu begleichen, doch dies war der Erste.

KAPITEL 32

Mala nahm auf einem der bequemen Stühle im Wartezimmer Platz. Unschlüssig, ob es die richtige Entscheidung gewesen war, Dr. Leptin aufzusuchen, führte sie den Finger zu den Lippen und kaute an den Nägeln. Es war eine dumme Angewohnheit, die sie eigentlich längst abgelegt hatte. Doch seit dem wahrgewordenen Albtraum tat sie es immer wieder. Was hatte sie sich da nur wieder eingeredet? Nur weil sie einmal mit dem Freund ihrer Mutter auf der Couch gesessen und an ihrem Bett mit ihm gesprochen hatte, sollte sie ihm gleich ihr Herz ausschütten? Eigentlich hatte Elena doch recht. Sie kannte Dr. Leptin genauso wenig, wie jeden anderen Arzt. Doch nun war es zu spät für Zweifel. Hier war sie also. In dem modernen Wartezimmer mit den vielen Bildern an der Wand und einem kleinen Tischchen unmittelbar vor sich. Nervös betrachtete sie den Stapel Zeitungen, die darauf ausgebreitet lagen, traute sich jedoch nicht, eine zu nehmen.

Die junge Sekretärin hinter einem Tresen bemerkte ihren unsicheren Blick und lächelte freundlich.

»Keine Sorge. Dr. Leptin ist sehr freundlich.« Mala rang sich ebenfalls ein Lächeln ab, brachte jedoch keinen Ton raus. Die ältere Frau äffte die jüngere nach und verzog dabei das Gesicht, als wäre sie unendlich genervt von der Heiterkeit ihrer Kollegin.

»*Eine komische Arbeitsbeziehung*«, dachte Mala und schrak dann zusammen. Das Herz schlug ihr bis zum Hals, als sie Schritte hinter der Tür vernahm. Die Nervosität wuchs mit jeder Sekunde. Die Tür zum Sprechzimmer schnellte auf und der ihr bekannte Mann trat ins Wartezimmer. Er trug wie immer einen Anzug und die Haare zur Seite gekämmt. Lediglich sein Gesicht wirkte anders. Bei genauerer Betrachtung erkannte sie neben den Schwellungen, die er bereits zuvor gehabt hatte, dass sein sonst so gepflegtes Äußeres von einem Dreitagebart zerstört wurde.

»Mala, schön, dass du da bist. Komm bitte«, sagte er freundlich, schenkte ihr ein Lächeln und gab den Weg in den Raum hinter sich frei.

Mala stand auf, sah noch einmal unsicher in Richtung Ausgang, wandte sich dann jedoch zum Büro und trat ein.

Es war das erste Mal, dass Mala diesen Teil einer psychologischen Praxis sah. Sie hatte Filme gesehen, wusste, dass Patienten sich auf eine Couch legten und einfach drauf lossprachen. Doch der Gedanke, sich auf dem Sofa niederzulassen, missfiel ihr. Stattdessen steuerte sie zielgerichtet auf einen der breiten Sessel zu. Als sie sich auf die etwas ausgeleierte Sitzfläche fallen ließ, gab der Stoff unter dem Gewicht nach und schmiegte sich an ihren Körper. Ein angenehmes Gefühl in dieser so unbehaglichen Situation. Doch wurde es sofort zunichtegemacht, als sie mit den Fingern über die

Armlehnen fuhr und die kleinen Einkerbungen im Leder bemerkte. Das abgenutzte Möbelstück passte ihrer Meinung nach nicht zu dem sonst so perfekten und peniblen Mann. Wovon diese winzigen Risse wohl stammten? Zwangsläufig dachte Mala an Silas Messer und zog die Hände zur Brust. Als ihr der Blick des Psychiaters auffiel, der kaum zu blinzeln schien, sie fast schon anstarrte, breitete sich eine Gänsehaut auf ihren Armen aus. Diese stechenden Augen …

»Du brauchst nicht nervös zu sein. Ich werde dir nichts tun. Wir reden einfach nur«, sagte er ruhig, ohne den Blick abzuwenden.

»Worüber?«

»Worüber du möchtest.« Er lehnte sich in seinem Stuhl zurück und schlug die Beine übereinander. Die Hände auf den Knien gefaltet, hob er erwartungsvoll das Kinn und blinzelte endlich.

»Ich dachte, wir sprechen über … Sie wissen schon.«
Er schüttelte nur den Kopf.

»Darüber reden wir erst, wenn du soweit bist.«

Unschlüssig, was sie sagen sollte, ließ Mala den Blick über den Boden gleiten, spürte Silas Atem an ihrem Ohr und zuckte zusammen. Unmittelbar danach schloss sie die Augen und versuchte das Zittern zu unterdrücken, das ihren ganzen Körper beben ließ.

»Vielleicht fangen wir mit etwas Einfacherem an. Wie geht es dir?«

Die ruhige Stimme hallte wie ein Echo in ihren Ohren, doch sie war dankbar für den Versuch, ihr die Angst zu nehmen. Mala schluckte und fand ihre Stimme wieder.

»Ich habe furchtbare Albträume. Manchmal bilde ich mir sogar ein, dass jemand in meinem Zimmer ist, obwohl es nicht stimmt.« Sie kniff sich in die Oberarme und versuchte, durch den dabei entstehenden Schmerz zurück zur Realität zu finden.

»Und wenn du in der Schule bist oder unterwegs?«

Die Stimme des Mannes half ihr, wischte die Gedanken beiseite. Mala öffnete langsam die Augen, sah sich zuerst um und dann den Arzt an. Sie nahm sich die Zeit, über seine Frage nachzudenken. Wie sie sich fühlte? Fragte er das wirklich? War es nicht offensichtlich? Ein nervliches Wrack durch und durch! Das war sie!

»Wie soll es mir schon gehen? Beschissen natürlich.«

Allein die Tatsache, dass er sie zwang es auszusprechen, verärgerte sie, ließ Blut in den Kopf schießen und die helle Haut erröten.

»Natürlich. Aber was genau fühlst du?«

Mala antwortete nicht, zuckte nur mit den Achseln. Dr. Leptin atmete hörbar aus.

»Du mimst die starke, unverwundbare, junge Frau. Gibst jedem mit einem Lächeln zu verstehen, dass es dir gut geht. Aber das stimmt nicht. Wieso hast du Angst davor, deine Gefühle zu zeigen?« Er legte den Kopf etwas schief, wie ein Hund, der seinen Namen gehört hatte.

Mala mühte sich, ruhig zu atmen und nachzudenken. Sie wusste, dass der Arzt recht hatte. Sie machte allen etwas vor.

»Ich bin mir nicht sicher. Es ist ziemlich verwirrend. Wenn ich unter Leuten bin, fühle ich mich einsam, hilflos. Wenn ich allein zu Hause bin, wo mich niemand sehen kann, spüre ich die Angst meinen Rücken hinaufkriechen und höre, wie eine Stimme hinter mir säuselt.«

»Wenn du allein bist. Verstehe. Hast du schon versucht, deine Freunde wieder in dein Leben zu lassen?«

»Wie denn? Wenn ich anderen zeige, wie es mir wirklich geht, sehen sie mich mit diesem mitleidigen Blick an, als könnten sie mir damit helfen. Aber das tun sie nicht! Jedes Mal, wenn jemand *davon* hört, wird er ruhig und bricht das Gespräch ab. Einige suchen sogar Ausflüchte, um nicht mit mir reden zu müssen. In der Schule tuscheln sie, wenn ich den Flur entlanggehe. Zeigen mit dem Finger auf mich und verstummen, sobald ich sie ansehe. Keiner steht mir bei oder hilft mir. Auch meine engsten Freunde nicht. Wer weiß, ob sie überhaupt jemals meine Freunde waren, wenn sie es nicht einmal schaffen, mir in dieser schwierigen Zeit beizustehen.«

»Sie stehen dir nicht bei, weil sie nicht wissen, wie sie damit umgehen sollen. Wie sie mit *dir* umgehen sollen.«

»Na genauso wie früher!«

Innerlich wusste Mala selbst, dass das gelogen war. Sie hatte ihren besten Freund ständig umarmt, sich mit ihm aus Spaß im Gras gewälzt, sich bei ihren Freundinnen eingehakt und war stundenlang zwischen Menschenmassen shoppen gegangen. Das alles ging nicht mehr. Silas hatte ihr gezeigt, wozu ein Mensch fähig war. Ihre Mutter hatte mit ihm zusammengearbeitet und war nicht einmal auf die Idee gekommen, dass er es war, den sie suchte. Er war unscheinbar, normal. Eines hatte Mala gelernt. Jeder Mensch trug eine dunkle Seite in sich. Jeder.

»Sind Sie auch böse, Dr. Leptin?« Sie sah ihn nicht an. Ihr Blick hing gedankenverloren an den abgekauten Fingernägeln. »Haben Sie eine dunkle Seite, so wie *er*?«

»Eine dunkle Seite? Wie kommst du darauf?«

»Ich denke, jeder Mensch hat so etwas in der Art. Haben Sie Ihre bereits gefunden? Und was machen Sie, wenn es Ihnen bewusst wird? Dass Sie böse sind? Böse Gedanken haben?«

Als sie aufblickte, bemerkte sie den erstaunten Blick des Mannes. So hatte sie ihn bisher noch nicht gesehen. Doch verwunderte es sie nicht. Wer sprach schon gern von seinen schlechten Angewohnheiten oder gar Gelüsten und bösen

Hintergedanken. Womöglich hielt er sie jetzt sogar für verrückt. Zu ihrer Überraschung jedoch räusperte er sich kurz und antwortete schließlich.

»Um ehrlich zu sein, bin ich etwas überrascht. Du hättest mein früheres Ich sicher sehr gemocht.«

Mala sah ihn verständnislos an.

»Weißt du Mala, als junger Student habe ich meinem Professor ähnliche Fragen gestellt und mit ihm darüber diskutiert. Doch im Vergleich zu dir teilte er meine Gedanken nicht.«

»Ja, ich glaube, es gibt keine guten Menschen. Jeder hat irgendwelche kranken Fantasien. Und einige setzen sie einfach in Taten um«, sagte Mala und führte die Fingerkuppe erneut zum Mund.

»Das stimmt zwar, aber grundsätzlich versucht doch jeder, dieses zweite Gesicht seines Selbst zu verstecken oder zu verdrängen. Wir alle haben das Bedürfnis, das Richtige zu tun. Aber die Vorstellung davon, was richtig ist, ist leider sehr unterschiedlich.«

»Das Richtige? Denken Sie, *er* dachte auch, dass er das Richtige tat? Indem er …«, noch bevor sie ausreden konnte, schüttelte ihr Gegenüber den Kopf.

»Nein, er ist einfach seinen animalischen Trieben gefolgt, ausgelöst von tiefer Frustration. Er wollte für sich selbst Gerechtigkeit. Aber dass es nicht das Richtige war, wusste er vermutlich selbst.«

Mala nickte stumm. Sie verstand, was der Mann sagte, doch nicht, wieso gerade ihr das angetan worden war. Vermutlich würde auch er darauf keine Antwort geben können. Das hätte nur einer gekonnt.

»Hast du noch etwas, worüber du reden möchtest?« Er legte den Kopf erneut schief und suchte Augenkontakt, doch Mala mied diese Intimität.

»Es gibt da etwas, das mir seitdem unter den Nägeln brennt«, sagte sie und sah kurz zu dem Psychiater, der mit nahezu eingefrorener Miene dasaß. »Sil… *Er* hat immer wieder mit jemandem telefoniert. Manchmal sogar, während er bei mir im Keller war.« Es fiel ihr schwer, darüber zu reden, doch sie zwang sich dazu.

»Weißt du, mit wem?« Dr. Leptin senkte seinen Kopf kaum merklich.

Sie zuckte nur die Achseln.

»Wem hast du alles davon erzählt, Mala?«

»Bisher niemandem. Na ja, außer Ihnen.«

Der Mann nickte. Mala holte tief Luft, ehe sie weitersprach. Es tat weh, sich an die Tage zu erinnern. Jedes Mal fühlte sie den Schmerz erneut, den er ihr zugefügt hatte.

»Ich bin mir nicht sicher, aber ich glaube, sie haben sich gestritten. Zumindest war er oft sehr genervt und nach den Gesprächen kam er immer zu mir und hat …« Sie schluckte. Ein großer Kloß hatte sich in ihrem Hals gebildet und hinderte sie am Sprechen.

»Ich verstehe.« Dr. Leptins Blick war sanft und doch fordernd.

Eine Weile war es ganz still. Mala versuchte, die Bilder zu verdrängen, die Silas Fratze zeigten. Das Brennen, nachdem sein Messer sie geschnitten hatte. Nachdem er sich an ihr vergangen hatte und sie blutend zurückließ. Die Schmerzen, die ihre Glieder durchströmten, jedes Mal, wenn sie nur daran dachte.

Mala verzog angestrengt das Gesicht und wandte den Kopf ab. Sie versuchte sich zu überwinden, doch noch fehlte ihr die Kraft dazu.

»Nein. Ich kann nicht. Ich denke, ich möchte nach Hause. Wäre das ok?«, fragte sie mit zittriger Stimme, während sie nervös mit ihren Fingern spielte, die Fingerkuppen drückte und an dem abgekauten Nagel pulte, ehe sie ihn dann wieder zum Mund führte. Sie wollte sich in ihrem Zimmer einschließen, ins Bett kriechen, unter die kuschelige Decke und niemanden sehen.

Dr. Leptin nickte, stand auf und ging in Richtung Tür. Mala tat es ihm gleich und trat raschen Schrittes zum Ausgang. Gerade, als sie die Klinke herunterdrücken wollte, tippte er gegen ihre Schulter. Bei der Berührung fuhr sie zusammen. Bilder fluteten ihren Kopf, zuckten wie Blitze vor ihrem inneren Auge. Nur entfernt nahm sie die Stimme des Arztes wahr.

»Nimm die. Dann musst du deiner Mutter nicht sagen, wenn du Kontakt aufnehmen möchtest. Du kannst mich jederzeit anrufen, wenn du reden möchtest. Egal wann und egal wo. Die Handynummer steht auf der Rückseite.« Er reichte ihr eine kleine Karte.

Mala steckte sie ein, ohne sich das Geschriebene durchzulesen oder sich gar zu bedanken. Sie wollte weg.

»Bis bald«, hörte sie Dr. Leptin sagen, ehe sie die Tür hinter sich schloss.

Die freundliche Mitarbeiterin saß nach wie vor hinter dem Tresen und tippte angeregt auf der Computertastatur, während ihre ältere Kollegin etwas zu kopieren schien.

Eine Frau mit einem kleinen Jungen hatte auf den Stühlen Platz genommen und wartete scheinbar darauf, dass sie aufgerufen wurden. Das Kind funkelte Mala mit stechenden Augen an. Sofort bekam sie eine Gänsehaut, musste an Silas denken. Beinahe hätte sie der Mutter gesagt, sie sollte aufpassen, dass ihr kleiner Bengel kein Irrer würde, als Dr. Leptin die Dame aufrief. Der Junge starrte Mala unentwegt an, als er an ihr vorbeiging und ließ sie zurückzucken. Jeder Mensch hatte eine böse Seite und dieser geschätzt Sechsjährige schien seine längst entdeckt zu haben.

Mit kaltem Schweiß auf dem Rücken verließ Mala die Praxis. Es gab zwar keine Monster unter ihrem Bett, doch außerhalb ihrer Wohnung war alles voll davon.

KAPITEL 33

Ich hatte den ganzen Tag darauf hingefiebert, dass dieser Moment kommen würde. Als mein letzter Patient gegangen war und auch die beiden Empfangsdamen das Weite gesucht hatten, schloss ich alles ab, stieg in meinen Wagen und fuhr zur Wohnung. Darüber grübelnd, wie man am besten an die Handynummer eines Kommissars kam, bog ich auf den Parkplatz und entschied mich für die nächstfreie Lücke zwischen einem Jeep und einem Smart. Gerade als ich ausgestiegen war, erledigte sich mein Problem auch schon von allein.

»Doktor!« Caius Klingenberg trug eine schwarze Lederjacke und eine zerrissene Jeans. Eine Hand zum Gruß gehoben kam er auf mich zu.

»Guten Abend, Kommissar Klingenberg. Wollten Sie zu mir?«

»Ach kommen Sie. Sparen wir uns das. Wir wissen doch beide, weswegen ich hier bin.«

Und ob ich das wusste. Dieser Mistkerl hatte in meinem Tagebuch gelesen und vermutlich Dinge gesehen, die mir Schwierigkeiten bereiten würden.

»Also, wo ist er?«, säuselte er fast schon beiläufig und strich über das Dach des Autos.

»Was soll das, Klingenberg?« Meine Stimme war ernst und machte mein Missfallen an seinem Tonfall mehr als deutlich.

Der blonde Schönling kam näher, sodass sein Gesicht nur noch wenige Zentimeter von meinem entfernt war.

»Ich weiß, dass Sie Marlon haben. Ich weiß es und bin dennoch nicht dienstlich hier. Natürlich wäre es als Polizist, der in diesem Fall ermittelt, meine Aufgabe Sie festzunehmen und anschließend den Aufenthaltsort in Erfahrung zu bringen.«

»Und warum tun Sie es dann nicht?«

»Neugierde. Es interessiert mich, was Sie mit ihm machen. Wissen Sie, Dr. Leptin, ich habe da noch eine eigene kleine Rechnung mit unserem rothaarigen Freund offen.«

Er sah mir direkt in die Augen. Das Blau seiner Pupillen funkelte verrückt, während er die Lider leicht zusammenkniff. Ich dachte kurz nach, sah mich um, dann griff ich zur Fahrertür.

»Schön. Steigen Sie ein.«

Klingenberg feixte, trommelte auf dem Verdeck und lief zur Beifahrerseite.

Wir fuhren die Strecke zu dem verlassenen Haus meiner Eltern. Als wir vor dem Grundstück hielten, stellte ich den Motor ab und verriegelte die Türen von innen.

»Wieso sollte ich Ihnen eigentlich vertrauen?«, fragte ich den Kommissar und sah ihn mit hochgezogenen Augenbrauen an.

»Ich bin hier. Sie sind hier. Und weit und breit kein Polizeiauto, richtig? Bringen Sie mich zu Marlon und sie werden verstehen, weshalb ich es mir nicht leisten kann, dass die Kollegen ihn finden.«

Ich zeigte mich überzeugt und ließ ihn aussteigen. Er ging den Weg in Richtung Haupthaus, ließ den Blick von links nach rechts wandern.

»Dort«, sagte ich knapp und deutete auf die Scheune.

Klingenberg grinste erstaunt. Als wir durch das marode Tor traten und unseren gemeinsamen Feind erblickten, hörte ich Klingenberg schlucken. Zugegeben war der Anblick etwas gewöhnungsbedürftig. Wie ein Stück Fleisch hing Marlon Claasen noch immer an der Kette, die Handgelenke bereits blutig und in Schultern und nahe dem Schlüsselbein mit Nägeln in der Haut. Das Gesicht war geschwollen und ebenfalls blutüberströmt. Seine roten Locken klebten an der Stirn und im Nacken.

»Ca… Caius?«, nuschelte er zwischen den aufgeplatzten Lippen hervor.

»Du elendes Schwein.«

Klingenberg zögerte nicht, ging festen Schrittes auf Marlon Claasen zu und schlug ihm ins Gesicht. Dann noch einmal und griff schließlich nach den Haaren, um ihm in die Augen sehen zu können.

»Du Pädo hast deinen Schwanz lieber in diese Kinder gesteckt, als in mich?! Wir krank muss man sein!«

Er packte seinen ehemaligen Freund bei den Genitalien und drückte zu. Der Rotschopf jaulte auf.

»Weißt du was mit Kinderschändern wie dir im Knast passiert? Die reißen dir den Schwanz und die Eier ab, genießen deine Schreie und die Wärter stehen daneben und klatschen Beifall! Niemand hat etwas für Abschaum wie dich übrig!« Der Kommissar schrie schon fast.

»Sie wollten mit ihm zusammen sein«, sagte ich leise, als der Groschen fiel.

Klingenberg trat seinem Opfer zwischen die Beine und wandte sich dann an mich.

»Zusammen? Zumindest solange, bis ich herausgefunden hatte, dass er ein Kinderficker ist.« Er drehte sich zu Marlon Claasen und spuckte vor ihm auf den Boden. »Als ich es herausgefunden hatte, hat der Affe Schiss bekommen und mir das hier angetan. Schau mal, Marlon. Hübsch, oder?«

Er öffnete seine Lederjacke und zog das T-Shirt darunter etwas hoch, sodass man die Narbe auf der Höhe seiner Rippen sehen konnte.

»Ich verstehe. Er hat Ihnen das also angetan. Erst verschmäht und dann niedergestochen.«

»Du hattest nie ein Problem damit, wer ich bin. Doch als du dann angefangen hast, Fragen zum Darknet zu stellen und dich für diese ganzen kranken Fälle interessiert hast, in denen Kinder verschwunden sind, wurde mir einiges klar. Und als du dann auch noch bei uns auf dem Revier aufgetaucht bist und die Dreistigkeit hattest, mich um Geld zu bitten, da ist mir die Sicherung fast durchgebrannt. Aber jetzt … Jetzt brauche ich nur noch einen einzigen Beweis und du bist tot.« Der Polizist öffnete die Hose des Rotschopfs, zog sie herunter und ließ die Boxershorts folgen. Dann ging er um ihn herum und tippte auf den blanken Hintern des Mannes. »Das war so klar. Ihr und eure scheiß verfickten Erkennungsmerkmale!« Er drehte den hängenden Körper so, dass auch ich die kleine Brandnarbe sehen konnte. Sie ähnelte einem Kreis, aus dem vier Pilze wuchsen. »Akoma Ntoso«, erklärte Klingenberg. »Das ist westafrikanisch und bedeutet verbundene Herzen.«

Beeindruckt sah ich ihn an. Das Wissen des so einfach gestrickten Kommissars erstaunte mich.

»Ich habe damals an einem Fall gearbeitet, der mich in das Darknet geführt hatte. Ich brauchte eine Weile, doch irgendwann fand ich die *Brücke*. So nannten sie es, wenn jemand auf ihre pädophile Seite gekommen ist, sich seiner Begierde hingegeben hat und bereit war, ihr Folge zu leisten.«

Klingenberg fuhr sich mit der Hand durchs Haar und schüttelte den Kopf.

»Dieses dämliche Symbol haben sie jedem auf den Arsch gebrannt, der zu ihnen gehörte. Einfach nur krank.« Er drehte sich um und schlug Marlon Claasen, der schwer atmend an der Kette hing, in die Magengrube.

»Hören Sie, Doc. Ich lasse Sie aus der Sache raus. Steigen Sie in Ihren Wagen und fahren nach Hause. Wenn jemand Fragen stellt, nehme ich alles auf meine Kappe.«

Amüsiert sah ich ihn an. »Sie wollen mich laufen lassen?«

»Ja. Ich bin zwar stinksauer auf dieses Stück Scheiße, aber letzten Endes bin ich Polizist. Ich werde ihn einem Richter vorführen und dann wird er in einer Gefängniszelle zwischen hasserfüllten Mitinsassen verrotten.«

Er sah noch einmal zu meinem Opfer. Ich zog mein Jackett aus, legte es wie tags zuvor über den Stuhl und krempelte die Ärmel hoch.

»Das Angebot ist zwar mehr als freundlich, Kommissar Klingenberg, doch das geht leider nicht.«

»Wie meinen Sie da…« Noch bevor er weiterreden konnte, ertönte ein Knacken und er sackte in sich zusammen.

»Du hast ihm das Genick gebrochen«, nuschelte der Rotschopf und sah mit aufgerissenen Augen auf seinen Jugendfreund hinab.

»Ich könnte dir den schwarzen Peter zuschieben, da es deine Anwesenheit war, die ihn herlockte. Aber das wäre für keinen von uns zielführend.« Ich ging an den Werkzeugkasten und holte Hammer und Nagel. »Also. Machen wir weiter?«

KAPITEL 34

Daheim kauerte Mala sich unter der Bettdecke zusammen und brach in Tränen aus. Was war das für eine ungerechte Welt, die ihr das alles antat? Wieso sie? Was hatte sie verbrochen?

Während ihre Tränen auf das Laken tropften und ihr die Nase lief, tastete Mala in ihrer Jeans nach einem Taschentuch. Als sie glaubte, eines gefunden zu haben, zog sie die kleine Karte hervor, die der Psychiater ihr gegeben hatte.

Dr. Hendrik David Leptin
Psychiater

Darunter standen die Adresse der Praxis und eine Festnetznummer. Auf der Rückseite, wie er es gesagt hatte, die handgeschriebene Nummer seines Mobiltelefons. Aus irgendeinem Grund stockten ihre Tränen. Es war, als hätte jemand eine Reißleine gezogen und so einen Haufen Steine vor den brechenden Damm fallen lassen, der das Wasser blockierte. Was war los? Weswegen begann ihr Herz zu rasen? Was sollte die Gänsehaut auf ihren Armen und warum wurden ihre Hände nass und kalt? Sie wusste doch, wie der Mann hieß. David. Doch da gab es etwas, das ihren Verstand beschäftigte. Als würde jemand mit einem Zaunpfahl gegen ihren Kopf schlagen, um ihr klarzumachen, dass sie doch nicht so dumm sein konnte.

Dr. Hendrik David Leptin

Plötzlich öffnete Mala den Mund und rang nach Luft. Erschrocken ließ sie die Karte fallen, während sie panisch rückwärts krabbelte, bis die Wand am Kopfende des Bettes ihren Rücken berührte und sie sich mit aller Kraft dagegen presste. In ihrem Kopf hallte Silas gehässiges Lachen. Sie sah, wie er sich vor Anstrengung den Bauch hielt und mit einer Hand auf den Schenkel klopfte.

»Ich habe hier das Sagen! Und es gibt niemanden, der mich aufhalten wird! Egal was Hendrik sagt!«, ertönte seine Stimme in ihrem Kopf.

Hendrik. Konnte es sein? War Dr. Leptin der Hendrik, mit dem ihr Peiniger regelmäßig in Kontakt stand? Hatte er von ihrem Leid gewusst? Davon, dass Silas sie geschlagen, mit dem Messer geritzt und letzten Endes sogar vergewaltigt hatte? Wie konnte dieser Mann ihr unter die Augen treten und das Unschuldslamm spielen? Hatte er kein Gewissen?

Der kurzzeitigen Wut in Mala wich blankes Entsetzen, als der Schlüssel in der Tür klapperte. Schlagartig wurde ihr klar, dass *Hendrik* Zugang zu ihrer Wohnung hatte. Er spazierte an Elenas Seite ein und aus, wie es ihm passte. Rasch zog sie sich die Decke über den Kopf und kniff die Augen zusammen, wie es Kinder taten, die verzweifelt den Monstern unter ihrem Bett zu entrinnen versuchten. Durch den Stoff hörte sie es dumpf klopfen.

»Mala? Darf ich reinkommen?«
Sofort sprang sie aus dem Bett, riss die Tür auf und packte ihre Mutter bei den Schultern.

»Du musst ihn festnehmen! Bevor es zu spät ist! Schnell!«
Verwirrt sah Elena sie an.

»Mala, beruhige dich. Was ist denn los? Wen soll ich festnehmen?»

»Dr. Leptin! David! Hendrik!« Mala schrie panisch und starrte mit weit aufgerissenen Augen ihre Mutter an.

»Was redest du denn da? Weswegen sollte ich ihn verhaften? Hat er dir etwas getan?« Elena drückte Mala von sich und musterte sie von oben bis unten auf sichtbare Verletzungen.

»Nein! Ich meine, ja! Er ist Hendrik! *Der* Hendrik! Silas hat immer mit einem Hendrik telefoniert! Er ist es!«

Elena trat einen Schritt zurück. Es war das erste Mal, dass Mala Silas' Namen ausgesprochen hatte, ohne sofort in Tränen auszubrechen.

»Du sagtest, dass er mit einem Mann geredet hat. Und dieser Mann hieß Hendrik. Und weil Dr. Leptin Hendrik David mit Vornamen heißt, denkst du, dass er Silas Komplize ist. Richtig?«, fasste die Polizistin kurz zusammen.

Mala nickte stark, sodass man annehmen konnte, ihr Kopf würde jeden Moment von den Schultern kippen.

»Liebling, ich weiß, das ist alles etwas viel für dich. Aber es gibt Tausende Männer, die Hendrik heißen. Das ist kein besonders seltener Name. Und das sind ziemlich schwere Vorwürfe, die du da erhebst. Weißt du überhaupt, was das für Dr. Leptin bedeuten kann, wenn du ihn dessen bezichtigst? So was zerstört Existenzen.«

Elenas Blick war weich, obwohl ihre Worte nur so vor Bestimmtheit strotzten. Innerlich dankte sie Mala für einen weiteren Hinweis, der David belastete, doch ihre letzten Versuche, ihm irgendwelche Taten nachzuweisen, waren erfolglos gewesen. Mittlerweile zweifelte sie bereits selbst daran, dass David tatsächlich in irgendwelche Sachen verwickelt war. Es konnte schließlich auch alles Zufall sein. Ihr Chef, Markus und Caius waren dieser Ansicht. Nur Elenas Bauch wehrte sich noch gegen diese Annahme.

Entsetzt ließ Mala sich gegen die Wand neben der Tür fallen.

»Du … Du glaubst mir nicht.« Ihre Stimme war zittrig. In den geröteten Augen sammelten sich wieder Tränen, doch nicht aus Trauer. Diesmal waren es Tränen der Angst.

»Mala. Es ist nicht so, dass ich dir nicht glaube. Es ist nur so, dass ein einzelner Name nicht Beweis genug für eine Festnahme ist. Lass uns mal weiterdenken. Hast du ihn vielleicht irgendwo gesehen? Wenn du willst, können wir morgen das ganze Material des Falles gemeinsam durchgehen. Vielleicht fällt dir etwas auf, das uns entgangen ist. Was denkst du?«

»Zu spät.«

»Wie meinst du das?« Elena sah ihre Tochter fragend an.

»Dann kann es schon zu spät sein!«

Ohne ein weiteres Wort stürmte Mala an ihrer Mutter vorbei, schlüpfte in die Schuhe und verließ die Wohnung.

KAPITEL 35

»Weißt du, ich bin froh, dass Klingenberg mir von diesem Pädophilenring erzählt hat.« Ich schlug einen weiteren rostigen Nagel in die Brust des Rotschopfs und griff sogleich den nächsten. »Jetzt weiß ich wenigstens, wo ich weitermachen muss.«

Gerade, als ich ansetzte, brachte mich die Vibration meines Smartphones in der Hosentasche aus dem Konzept. Ich warf einen Blick auf das Display. Elena.

»Einen Moment bitte«, sagte ich an mein Opfer gewandt und trat aus der Scheune ins Freie.

»Leptin?«

»David? Es kann sein, dass Mala jeden Moment bei dir auftaucht. Halte sie bitte fest. Ich hole sie gleich ab.«

»Das ist ein denkbar ungünstiger Zeitpunkt. Ich bin nicht mehr in der Praxis. Aber was hat sie denn? Wir hatten doch gerade erst einen Termin?«

Für einen kurzen Moment war es still. Gerade als ich mich erkundigen wollte, ob Elena noch am Telefon war, sprach sie mit todernster Stimme weiter.

»Mala sagt, dass du die Person bist, die mit Silas in Kontakt stand, während er die Mädchen getötet und Mala gequält hat.«

Ich hielt das Handy etwas entfernt und atmete tief durch. Wie konnte das Mädchen das wissen? Was hatte sie erfahren? Hatte ich einen Fehler gemacht?

»David? Bist du noch da?«, ertönte Elenas Stimme. Ich führte das Smartphone wieder ans Ohr. »Ich habe ihr natürlich sofort gesagt, dass das Quatsch ist. Aber das wirst du ihr sicherlich auch noch sagen, richtig? Dass du es nicht warst.«

Sie klang für meinen Geschmack zu ruhig. Würde sie dem Gedanken ihrer Tochter ernsthaft entgegenstehen, wäre sie aufgewühlter. Dennoch. Ich durfte mir keine Blöße geben.

»Wie kommt deine Tochter auf diese absurde Idee?«

»Sie meinte, dass Silas am Telefon immer mit einem Hendrik telefoniert habe. Und dein Vorname lautet doch Hendrik David. Vermutlich dreht sie sich daraus ihre eigene Wahrheit. Aber sie liegt falsch, oder?«

Dieses ständige Nachhaken war mehr als verdächtig. Sie versuchte, mich aus der Reserve zu locken. Doch nicht mit mir Elena.

»Ich müsste schon ein wirklich kranker Mensch sein, wenn ich Mala so etwas antun würde und sie anschließend therapiere. Du kennst mich Elena. Du weißt, was für ein Mensch ich bin. Sag du es mir. Bin ich ein Psychopath? Ein Sadist? Würde ich dir oder deiner Familie etwas Derartiges antun? Denk an uns. Fühltest du dich in meiner Gegenwart jemals bedroht? Habe ich dir dazu Anlass gegeben?«

Es war für wenige Sekunden ruhig. Unsicher darüber, was die Kommissarin antworten würde, zupfte ich an meinem Hemd. Welchen Fehler hatte ich gemacht? Wieso jetzt? Warum hatte Mala so plötzlich diesen Einfall? Und wieso hat Silas, dieser Idiot, mich nur immer beim Namen genannt?

»Nein«, sagte Elena schließlich, »bist du nicht.«

Ihre Stimme klang noch immer ruhig, extrem gefasst. Da war keine Liebe, nichts, das mir wirklich das Gefühl gab, dass sie mir glaubte. Fieberhaft dachte ich nach. Wie konnte ich sie noch überzeugen? Unser Verhältnis war ohnehin schon stark geschädigt und von Misstrauen geprägt.

Entgegen meinen Prinzipien beschloss ich, an ihr Herz zu appellieren. Sie war eine alleinstehende Mutter, die mir ihre Liebe gestanden hatte. Sie fand in mir einen Partner, den sie nach zwei Fehlgriffen endlich wieder an sich ranließ. Einen Mann, den sie begehrte. Elena fraß mir aus der Hand, wenn ich ihr gab, was sie wollte. Die Worte kamen mir nur schwer über die Lippen, doch besondere Situationen erforderten besondere Maßnahmen.

»Elena, ich liebe dich.«

KAPITEL 36

Mein Plan war aufgegangen. Kaum, dass ich die magischen drei Worte ausgesprochen hatte, begann Elenas Stimme zu zittern. Sie versuchte zwar, es sich nicht anmerken zu lassen, doch für eine Romantikerin wie sie es war, glich eine Liebeserklärung einem Käfig, der mir den Freibrief brachte, den ich benötigte. Doch ich machte mir nichts vor. Sobald der Hauch von Glückseligkeit ihren Körper wieder verlassen hatte, würde sie weiter recherchieren und nach belastendem Beweismaterial suchen. Doch bis dahin blieb mir noch etwas Zeit.

Ich ging zurück zu dem toten Kommissar und Marlon Claasen. Letzterer stöhnte, als ich ihn an der Schulter antippte und so leicht drehte. Sein Glied war von Klingenbergs Aktion noch immer entblößt und hing schlaff an ihm herunter.

»Ich glaube, es wird Zeit unser kleines Spiel zu beenden.«

Der Pädophile sah durch ein geschwollenes Auge zu mir auf.

»Die Polizei stellt Fragen und ich möchte nicht riskieren, dass du eingesperrt wirst. Dafür hasse ich Kinderschänder einfach zu sehr.«

»Wieso ...«, presste der Mann mit den roten, schweißnassen Locken leise zwischen den Lippen hervor.

»Wieso ich sie verabscheue? Das ist keine schöne Geschichte. Aber vielleicht tröstet es dich, dass mein Hass nicht erst bei dir begann. Es gibt Männer, die ihre eigenen Töchter missbrauchen, aber das muss ich dir vermutlich nicht sagen. Das Einzige, was noch schlimmer ist, sind Männer, die die eigene Tochter an Nachbarn verleihen, damit diese mit ihnen Sex haben können.«

Ich ging zu meiner gebauten Vorrichtung und löste den Karabinerhaken. Mit einem lauten Rasseln löste sich die Kette und schnellte über den massiven Balken an der Decke der Scheune. Der blutende Mann landete mit einem dumpfen Geräusch unsanft auf dem Boden. Er hustete, als er den dabei aufwirbelnden Staub einatmete. Marlon Claasen streckte die Arme aus und versuchte sich mit der noch verbleibenden Kraft nach vorn zu ziehen. Wie in Zeitlupe gruben sich die Fingerkuppen in den dreckigen Boden, fanden Halt und zogen den schwachen Körper hinter sich her, während die Beine ihr Möglichstes taten, um die Fortbewegung zu unterstützten. Ich beobachtete das Schauspiel, während ich an ihm vorbeiging.

»Kinder können sich nicht wehren. Sie sind klein, schwach, hilflos. Die Eltern sollten ihre Kleinen beschützen und sich vor sie stellen, wenn ihnen Leid zugefügt werden soll. Stattdessen nutzen sie ihre Hilflosigkeit aus. Und weißt du, was aus Kindern wird, die Leid durch die eigenen Eltern oder andere Erwachsene erfahren haben, wenn sie dies denn überlebten?«

Ich nahm die Sense, fuhr mit der Handfläche über das alte Klingenblatt und wischte so ein wenig von dem Staub ab. Dann trat ich zu dem noch immer über den Boden kriechenden Rotschopf.

»Ob du weißt, was aus ihnen wird, habe ich gefragt!«

Ich trat ihm gegen die Rippen. Als er sich wie eine Kellerassel zusammenrollte, traf mein Fuß ihn am Kopf. Er entfaltete sich wieder und lag stöhnend auf der Seite. Mit dem Stil der Sense drückte ich gegen seine Schulter, bis er rücklings auf dem Boden lag.

»Nein, ich weiß es nicht«, flüsterte er fast schon, als er meinem fragenden Blick begegnete.

»Aus solchen Kindern werden«, ich hob die Sense, »Erwachsene wie ich.«

Das Klingenblatt bohrte sich in Marlon Claasens Brustbein und ließ das Blut spritzen. Mit einem Ruck spaltete ich auch den Rest seines Oberkörpers. Als aus der senkrechten Schnittlinie das Blut strömte und seinen Torso hinunterlief, ließ ich die Sense sinken. Es war vollbracht. Der Rotschopf war tot.

Ich setzte mich auf den Stuhl, schlug die Beine übereinander und zog mein Handy aus der Tasche. Elena hatte mir geschrieben, dass sie Mala gefunden und wieder mit nach Hause genommen hatte. Sie würde sich freuen, wenn wir noch einmal miteinander reden würden. Ich sah zu der blutüberströmten Leiche und stimmte Elena zu. Nun, da mein vorläufiges Ziel erreicht war, hatte ich wieder mehr Zeit für sie.

Das Jackett über der Schulter zog ich den toten Kinderschänder über den Fußboden bis zum Auto und warf die Leiche auf eine Plastikfolie, die ich im Kofferraum ausgebreitet hatte. Anschließend landete die Leiche des Polizisten auf der Rückbank. Im Vergleich zu meinem anderen Opfer hatte er keine offenen Verletzungen und würde somit keinen Schmutz verursachen. Die Scheune ließ ich so, wie sie war. Für den heutigen Tag war es zu spät und mir fehlte die Kraft, um alle Spuren zu beseitigen.

Ich startete den Motor und fuhr an den nahe gelegenen Kösterbecker Wald. Es dämmerte bereits, und abgesehen von einer Frau mit Hund, erspähte ich niemanden in unmittelbarer Nähe. Es dauerte etwa zehn Minuten, ehe sie mit ihrem Tier weit genug entfernt war, um nicht zu bemerken, dass ich mit dem Wagen in den Wald hineinfuhr, anstatt wie üblich davor zu parken. Als Kinder hatten wir uns hier immer versteckt, und wenn sich nicht allzu viel verändert hatte, würde ich in wenigen Metern ein Schlammloch entdecken. Tatsächlich war es zwar bei Weitem nicht mehr so groß wie damals, es reichte jedoch, um den Kommissar Klingenberg darin zu versenken. Ich griff nach einem Stock und schob die herausragende Hand in den Matsch, ehe ich wieder ins Auto stieg.

Für meinen rothaarigen Freund hatte ich das andere Ende der Stadt auserkoren. Mein Weg führte über den Verbindungsweg nach Gehlsdorf und weiter in Richtung Hohe Düne. Erst, als die Spülfelder in Sichtweite kamen, reduzierte ich das Tempo, sah noch einmal in den Rückspiegel und stieg aus. Niemanden würde es um diese Uhrzeit an einen Ort wie diesen verschlagen. Ich hob den Körper aus dem Kofferraum, stöhnte vor Anstrengung, als ich die Leiche anschließend über das Tor hievte, und kletterte danach selbst hinüber. An den Knöcheln schleifte ich den Rotschopf durch das hohe Gras bis ans Ende des Feldes. Mit einem Schwung landete er inmitten eines Gebüsches, dessen Äste mit Dornen gespickt waren, und blieb in unnatürlicher Position liegen. Zufrieden wischte ich meine Hände mit dem Taschentuch aus meiner Hosentasche ab und ging zurück zum Auto.

Es war bereits später Abend, als ich in meiner Wohnung ankam. Zwar hatte Frau Ritter, die scheinbar hochmotiviert

Überstunden in der Praxis gemacht hatte, mir eine SMS geschrieben, dass ein Mädchen vor wenigen Stunden in meinem Sprechzimmer gewesen war, um ihr vergessenes Smartphone zu holen, doch war mir nicht nach Grübeln zu Mute.

Stattdessen wurde zur Feier des Tages ein teurer Wein geöffnet, der meinen Gaumen erfreuen würde. Ich führte das Glas zur Nase und roch daran, ehe der Wein meine Lippen benetzte.

Es war vollbracht. Die Bestie tot, entsorgt, und der einzige Mitwisser im Schlamm versunken. Ein Gefühl des Triumphes breitete sich in mir aus.

Dass Mala mich verdächtigte und Elena womöglich auch noch Fragen stellen würde, störte mich nicht. Darauf war ich vorbereitet. Sobald die Polizei den Fall Silas wieder öffnen und Nachuntersuchungen anstellen würde, käme es für mich zwangsweise zu einer Befragung durch die Beamten. Und wenn sie nach meinen Alibis fragten, würde Elena den Ring betreten. Zwar wollte sie nicht, dass jemand aus ihrem Büro davon erfuhr, dass wir miteinander schliefen, doch unser Date war nicht zufällig auf den Tag gefallen, an dem Mala entführt worden war. Während Silas sie betäubt und in seinen Keller gebracht hatte, hatten wir gemütlich im Blockhouse gesessen und ein schönes Essen genossen. Und zu der Zeit, als Rostocks Peiniger mit *Hendrik* telefoniert hatte, waren wir viel zu erschöpft vom Sex gewesen und hatten friedlich nebeneinander geschlafen. Zumindest glaubte sie das.

Was Marlon Claasen anging, würde man ihn weiterhin suchen und als verschollen einstufen, bis die Leiche gefunden wäre. Klingenberg würde ebenfalls aus unerklärlichen Gründen abgetaucht sein. Und all das, während ich mit Elena telefoniert und gesimst hatte.

Ich leerte das Glas und schenkte mir erneut ein.

»Lass dir alles gut durch den Kopf gehen, kleine Mala. Ich habe an den entscheidenden Flanken Unterstützung und würde mit meiner Armee aus Türmen und Springern den armen kleinen Bauern niederwalzen. Versuche es nur. Doch es wäre ein unnötiges Opfer«, sagte ich und nippte an dem Wein.

Es blieb nur eine Frage offen. Wie würde sie sich entscheiden? Auch angesichts der Tatsache, dass nur ich von ihrer Schwangerschaft wusste und sie diese unter keinen Umständen publik machen wollte.

Aber letzten Endes hieß es für sie sowieso: Game over.

KAPITEL 37

Es war bereits Nacht. Die Wohnung wurde nur von dem fahlen Licht der Handytaschenlampe erhellt. Mala wagte einen kurzen Blick durch den Türspalt ins Schlafzimmer ihrer Mutter. Elena atmete hörbar, schlief dem Anschein nach tief und fest. Mala stahl sich durch die Tür und an den Kleiderschrank, der gegenüber dem Bett lag, und zog den kleinen Schlüssel aus der Hosentasche, der normalerweise in einer Vase auf dem obersten Regal der Küche ruhte. Sie hatte ihre Mutter schon oft dabei beobachtet, wie sie ihn in das Keramikgefäß fallen ließ, nachdem die Dienstwaffe in einem kleinen Tresor zwischen den Jacken verschwunden war. Nun war sie es, die das Geheimfach öffnete. Als die Tresortür laut knarrte, fuhr Mala zusammen. Wie konnte etwas so Kleines nur so viel Krach machen? Vorsichtig lugte sie über ihre Schulter auf das Bett. Ein Murmeln war zu hören. Elena nuschelte etwas Undeutliches im Schlaf, drehte sich um und verstummte wieder. Noch einmal Glück gehabt. Mala streckte den Arm aus und tastete in das dunkle Innere des Würfels. Als ihre Fingerspitzen das kalte Metall berührten, bekam sie eine Gänsehaut. Der Koch lag in einer der hinteren Ecken. Wenn man nicht wusste, dass ihre Mutter die Waffe nur als Koch bezeichnete, weil sie ein Produkt der Firma Heckler & Koch war, hätte man durchaus schmunzeln können. Die genaue Bezeichnung der Pistole war jedoch HK SFP9 und Standartdienstwaffe in Deutschland.

Als Mala die Waffe in der Bauchtasche ihres Kapuzenpullovers verstaute, spürte sie, wie ihr Magen zu kribbeln begann. Sie wusste, wenn ihre Mutter es nicht tun wollte, musste es jemand anderes tun. Zur Not sie selbst.

Leise schlich Mala aus dem Schlafzimmer und schloss die Tür nahezu geräuschlos. Mit dem Rücken gegen die Wand gelehnt, atmete sie tief durch, ehe sie eine Nachricht in ihr Smartphone tippte.

> Dr. Leptin, ich muss Sie unbedingt sehen. Bitte! Es ist dringend! Können wir uns treffen?<

Ihr Blick ruhte auf dem Smartphone. Plötzlich wurde ihr Gesprächspartner in der App als online angezeigt. Zwei blaue Häkchen direkt neben der Nachricht bestätigten, dass er ihr Anliegen gesehen hatte. Wie würde er reagieren?

>Wir sehen uns in der Praxis. Ich lasse die Tür offen.<

Malas Atem stockte. Er hatte angebissen. Es war tief in der Nacht und dennoch stimmte er einem spontanen Treffen zu.

Sie schlüpfte in die bequemen Sportschuhe, sah ein letztes Mal den dunklen Flur in Richtung des Schlafzimmers und verschwand dann aus der Wohnung.

Die Straßen waren nur wenig belebt. Ein Pärchen stand knutschend an der Bushaltestelle und nahm sie gar nicht wahr. Anders als der junge Mann mit dem Irokesenschnitt, der genüsslich an seiner Zigarette zog, während laute Musik seine Ohren über Kopfhörer beschallte. Als Mala seinen Blick bemerkte, wandte sie ihm rasch den Rücken zu und begann zu zählen. Einundzwanzig, zweiundzwanzig, dreiundzwanzig. Der Bus hielt am Straßenrand und sammelte die wenigen Fahrgäste ein.

Vierundzwanzig, fünfundzwanzig, sechsundzwanzig. Nervös, fast schon verkrampft hockte Mala auf dem einzelnen Sitz unmittelbar neben dem Fahrkartenautomaten und ließ die Pistole unter dem Stoff keine Sekunde los. Was wäre, wenn sich ein Schuss lösen würde? Moment! War die Waffe überhaupt geladen? Wie kontrollierte man, ob Munition vorhanden war? Sie hatte zahlreiche Filme gesehen, in denen die Darsteller innerhalb weniger Sekunden nachsahen, wie viel Schuss noch übrig waren. Doch konnte sie das auch?

»Nächster Halt: Deutsche Med«, riss die Ansage des Busses sie aus ihren Gedanken.

Die Fahrt war wie im Flug vergangen. Bevor sie ausstieg, sah Mala sich kurz um. Draußen war keine Menschenseele und es schien auch niemand sonst aussteigen zu wollen. Mit großen Schritten bewegte sie sich auf das große, gläserne Bauwerk zu und steuerte den Eingang an. Weiter oben erkannte sie eine Gestalt aus dem Fahrstuhl steigen und über den Flur gehen. Dr. Leptin. Er war tatsächlich gekommen.

Mala betätigte den Knopf und lauschte dem Surren des Lifts, das in der endlosen Stille der Nacht eher einem lautstarken Geröllwagen aus dem Bergwerk glich. Aus Angst, jemand könnte den Fahrstuhl hören, schlüpfte sie schnell ins Innere der Kabine und fuhr in das Stockwerk, auf welchem die Praxis des Psychiaters lag.

Pling! Die Türen öffneten sich. Malas Herz raste schneller denn je, noch immer lagen ihre Hände in der Bauchtasche des Pullovers und tasteten die Waffe ab.

»*Jetzt oder nie. Das ist meine einzige Chance. Ruhig Blut. Ganz ruhig. Er darf nichts merken*«, dachte sie und setzte vorsichtig einen Fuß vor den anderen.

Die Tür zum Wartezimmer des Psychiaters stand offen, sodass sie sich ein Klopfen ersparte. Auch die Tür des Sprechzimmers lud sie sofort zum Eintreten ein.

»Mala, da bist du ja.« Der Arzt saß hinter dem massiven Schreibtisch und sah von einem Block auf.

Mala trat wortlos in den Raum und schloss die Tür hinter sich. Siebenundzwanzig, achtundzwanzig, neunundzwanzig.

»Ist alles in Ordnung? Du wirkst angespannt.«

Er musterte sie. Sein Blick verharrte an ihrem Bauch. Mala spürte, wie ihr Magen wieder zu kribbeln begann.

»Er weiß es! Scheiße! Es weiß, was ich vorhabe!« Sie umklammerte die Waffe noch fester, spürte kalten Schweiß auf ihren Rücken treten. Der Mann ihr gegenüber sah ihr wieder direkt in die Augen. Seine Lippen bewegten sich nicht. Was sollte sie tun?

»Ich …«, begann sie, doch der Psychiater schnitt ihr das Wort ab.

»Ich weiß, warum du hier bist, Mala. Du brauchst es nicht zu verstecken.«

Er deutete auf ihre Hände. Sie erstarrte. Es konnte ein Bluff sein, doch was machte das für einen Unterschied? Sie war gekommen, um Antworten zu erhalten, und das würde sie erreichen.

»Warum?«, stammelte sie leise, während ihre Hände zu zittern begannen.

Dr. Leptin sah sie unentwegt an.

»Wieso zum Teufel haben Sie mir das angetan? Was habe ich verbrochen, dass Sie mich so sehr hassen?« Sie schrie, riss die Waffe aus der Tasche und hielt sie festumschlossen vor sich, den Lauf auf den Psychiater gerichtet. Sie war auf alles gefasst. Jede Antwort, die er ihr geben würde, wäre besser gewesen, als diese Ungewissheit. Doch was er dann sagte, traf sie härter, als ein Amboss, der aus dem fünften Stock direkt auf die Schädeldecke traf.

»Nichts.« Seine Stimme war ruhig und gefasst. Er stand von seinem Stuhl auf und trat langsam vor den Tisch.

»Stehenbleiben! Verdammt! Stehenbleiben habe ich gesagt!« Mala fuchtelte mit der Waffe, woraufhin der Mann in seiner Bewegung verharrte und die Hände etwa auf Brusthöhe anhob.

»Warum haben Sie das getan? Diese vielen Mädchen, ich. Wieso?«

»Es war ein Experiment.« Er wagte es noch nicht, sich zu bewegen, ließ die Hände jedoch sinken. »Silas, er war etwas Besonderes.«

»Etwas Besonderes? Ein Monster, das war er!«

»Seine Gedanken, seine Art, seine Triebe ließen ihn anders sein. Doch er war auch frei. Frei von Schuldgefühlen, von Angst. Selbst den Tod fürchtete er nicht. Kannst du dir vorstellen, wie es für ihn war, seinen Gelüsten Folge zu leisten, ohne an morgen zu denken?«

Mala glaubte in den Augen des Psychiaters ein Glitzern zu erkennen. Wie in einem bösen Traum schüttelte sie den Kopf, wobei auch die Pistole hin und her wackelte.

»Aber er war nicht immer frei, weißt du. Manchmal, da …«

»Gabriel«, sagte Mala plötzlich.

Dr. Leptin hob überrascht den Blick.

»Ich habe die Akte von Silas Hayden gelesen. Alles, was Sie mit ihm besprochen haben. Seine kranken Fantasien und was sie mit Gabriel machten.«

Der Arzt lächelte leicht, senkte den Kopf und nickte.

»Ich verstehe. Du warst das Mädchen, von dem Frau Ritter gesprochen hatte. Du hast nicht dein Handy gesucht, sondern wolltest einen Blick in meine Unterlagen werfen. Deswegen lag die Akte auch auf dem Fußboden. Ich hatte mir schon gedacht, dass das Mobiltelefon nur ein Vorwand sein würde, damit jemand herumstöbern konnte. Doch wäre ich niemals auf dich gekommen. Wie dem auch sei. Dann weißt du bereits, weshalb Silas gemordet hat?«

»Er wollte Rache an Mädchen. An Mädchen, die Gabriel nicht wollten. Aber was hatte das alles mit mir zu tun? Ich kannte ihn nicht! Er hatte keinen Grund mich zu hassen! Ich habe ihm sogar geglaubt! Wollte mir Zeit für seine Geschichte nehmen und ihm Trost spenden!«

»Genau deshalb.«

Mala verstummte schlagartig. Sie verstand nicht, was Dr. Leptin meinte.

»Zuerst warst du ein junges Reh, das der Wolf ins Auge gefasst hatte. Doch als er sah, dass du nicht von seinem Aussehen geblendet warst und dich für seine Seele interessiert hast, fand er Gefallen an dir.«

»Gefallen? Er hat mich gefoltert! Mich verge …« Malas Stimme brach und große Tränen rannen ihr Gesicht hinab.

»Aber er hat dich nicht umgebracht, richtig? Dich wollte er behalten. Du solltest sein werden.«

KAPITEL 38

Ich sah in die tränengefüllten Augen des Mädchens. Ihr Blick war abgewandt und die Zähne gruben sich in die rosafarbenen Lippen. Langsam wagte ich mich einen Schritt vor. Dann noch einen. Als Mala meine Bewegung bemerkte, trennten uns nur noch wenige Meter. Der Lauf der Pistole zitterte unter der Anspannung ihrer Arme.

»Mala, ich weiß, dass es für dich die Hölle gewesen sein muss.«

»Einen Scheiß wissen Sie!« Das Mädchen schrie mich wutentbrannt an. »Wieso haben Sie nicht eingegriffen? Warum haben Sie mir nicht geholfen? Warum ihn einfach machen lassen?« Ihre Stimme bebte.

Ich schwieg nur. Sollte ich ihr sagen, dass ich die Kontrolle über Silas verloren und ihn aus den Augen gelassen hatte? Dass es ein Fehler gewesen war, seiner dunklen Seite überhaupt freie Hand zu lassen? Was für ein Trost wäre das schon für sie?

»Ich schwöre dir Mala«, ich ging einen weiteren Schritt auf sie zu, »hätte ich gewusst, was er dir antun würde, hätte ich ihn eigenhändig zur Strecke gebracht.«

»So wie den Mann am Strand? Oder diesen Kinderschänder? Ich habe gehört, wie meine Mutter mit Markus darüber geredet hat! Sie denken, dass Sie es waren!«

Noch immer wütend drückte das Mädchen die Waffe so fest, dass ihre Fingerknöchel weiß heraustraten.

Mein Instinkt hatte mich also nicht getäuscht. Elenas Verhalten der letzten Tage hatte für ihren Verdacht gegen mich gesprochen. Natürlich hatte ich damit gerechnet. Schon damals wusste ich, dass meine Taten nicht ungesühnt bleiben und dass ich als Täter überführt werden würde. Eines Tages sollte es soweit sein und meine Maskerade enttarnt werden. Dieser Zeitpunkt schien genau jetzt gekommen zu sein, denn unweit entfernt ertönten Polizeisirenen. Sie würden bald bei uns sein, die Praxis stürmen, mit gezogener Waffe und bereit, das Notwendige zu tun. Doch nicht, wenn ich ihnen zuvorkam.

»Sie hatten es verdient«, sagte ich ernst. »Niemand hat das Recht, einem Kind Leid zuzufügen. Niemand! Und deswegen Mala, würde ich dir nie etwas antun.«

Ich war nun so nah, dass der Lauf ihrer Waffe meine Brust berührte.

»Ich verstehe, wenn du mir nicht glaubst, wenn du mich hasst. Also tu es. Befreie dich von dieser Last und deinen persönlichen Dämonen. Finde die Gerechtigkeit, die du suchst. Das, was Silas dir angetan hat, wird dich womöglich dein Leben lang begleiten.« Ich sah auf ihren Bauch, dachte an den Embryo, der heranwachsen und ihr komplettes Leben auf den Kopf stellen würde.

»Fürchte dich nicht vor der Zukunft. Du hast eine Familie, Menschen, die dir beistehen werden. Du bist nicht allein, Mala, und wirst mit jedem Tag wachsen und stärker werden«, flüsterte ich fast.

Mit offenem Mund stand das Mädchen vor mir, beobachtete, wie ich die Waffe auf mein Herz richtete. Die Mündung der Pistole ruhte auf meiner Brust und knitterte das weiße Hemd.

»Tu es. Ich habe es nicht anders verdient. Meinetwegen liegt deine heile Welt in Scherben, wird womöglich nie wieder das, was sie einmal war.«

Mala starrte verwirrt zwischen dem Mordwerkzeug und meinem Gesicht hin und her. Sie zögerte noch immer. Sie war eine zu gute Seele, verspürte nicht den Drang, der mich plagte. Ich führte meinen Finger an ihr Gesicht und fing eine Träne auf.

»Silas war eines und ich bin es auch. Nur wenn wir töten, leben wir. Wir sind das, wovor der Mensch sich fürchtet. Monster, die nicht davor zurückschrecken, ein Leben auszulöschen. Ich habe zahlreichen Personen die Chance genommen, ihr Leben zu verändern. Habe ihnen unbarmherzig und ohne zu fragen das Herz aus der Brust gerissen. Und dennoch bereue ich es, nicht genug getötet zu haben. Es gibt so viele boshafte Menschen, über die ich richten wollte.« Ich legte meine Hände auf die von Mala und meine Daumen auf ihren auf dem Abzug liegenden Zeigefinger.

»Du weißt genauso gut wie ich, dass es nun kein Zurück mehr gibt. Ich bin der Teufel in der Gestalt eines Menschen.«

Malas Kinn zitterte, die Zähne schlugen aufeinander. Die blanke Panik stand ihr ins Gesicht geschrieben. Ich beugte meinen Kopf etwas vor, sodass meine Lippen unmittelbar neben ihrem Ohr lagen. »Es tut mir leid, Daria.«

Dann drückte ich Malas Finger gegen den Abzug und löste den Schuss.

KAPITEL 39

Ein lauter Knall ertönte just in dem Moment, in dem Elena, gefolgt von drei ihrer Kollegen, den Raum stürmte. Wie in Zeitlupe sah sie David Leptin zusammensacken und nahm wahr, wie ihrer Tochter eine Waffe aus der Hand glitt. Blut , das aus der Brust des Psychiaters austrat, sprenkelte den Raum rot, ebenso wie das kreidebleiche Gesicht des Mädchens.

»Mala! Mala! Ist alles in Ordnung? Bist du verletzt?« Elena tastete ihre Tochter ab und schloss sie in die Arme, als ihr bewusst wurde, dass ihr Kind unverletzt war. »Gott sei Dank!« Elena sah, dass das Mädchen wie benommen auf den reglosen Arzt starrte und folgte ihrem Blick. Der große rote Fleck auf seinem Hemd breitete sich rasend schnell aus und färbte den Boden unter seinem Torso mit einer dunklen Pfütze. Markus trat in ihr Blickfeld und kniete vor der Waffe zu Malas Füßen. Elena bemerkte, dass er ihre Tochter sanft, fast schon verständnisvoll ansah, doch Malas Körper wollte sich nicht beruhigen lassen. Die Zähne klapperten noch immer laut, als sie aufeinanderschlugen. Elena wusste nicht, was sie tun konnte, um ihrem Kind zu helfen. Dann spürte sie, wie Mala die Finger in die Jacke ihrer Mutter grub und hörte herzergreifend sie schluchzen.

»Schon gut, meine Kleine. Du bist jetzt in Sicherheit«, sagte Elena leise und strich ihrer Tochter über das glatte Haar.

»Komm, wir gehen nach Hause.« Sie packte Mala am Oberarm, half ihr auf und stützte das Mädchen, dessen Beine unter der Anstrengung nachgaben. Im Wartezimmer ließ sie Mala auf einem der Stühle Platz nehmen und hockte sich vor ihre Tochter. Sie war vollkommen fertig.

»Leni, kannst du noch mal kurz herkommen?«, hörte sie Markus fragen, der noch immer neben der Leiche kniete.

»Bleib sitzen, ruh dich kurz aus. Ich bin gleich wieder bei dir, ok?« Elena küsste Mala auf die Stirn, strich ihr noch einmal über das kreidebleiche Gesicht und wandte sich dann ihrem Kollegen zu. »Was gibt es denn?«, fragte sie und stellte sich neben ihn.

»Du weißt, dass sie eine Verdächtige ist?«, fragte Markus mit ernster Miene.

»Sieh sie dir doch an! Glaubst du wirklich, dass Mala heute noch irgendeine Aussage machen wird? Lass sie sich ausruhen und morgen kommen wir dann aufs Revier. Einverstanden? Kriegst du das hin?« Elena sah ihn erwartungsvoll an.

»In Ordnung. Ich kläre das mit dem Chef.« Er spielte mit einem kleinen Gegenstand in seinen in Latexhandschuhen befindlichen Fingern. »Aber bevor du gehst, schau dir das bitte an. Das scheint aus Leptins Hosentasche gefallen zu sein.«

Markus reichte Elena ein Stück zusammengefaltetes Papier. Die Finger mit einem Taschentuch geschützt, breitete sie es auf die volle Größe aus und las die Zeilen.

...alles was ich je getan habe, tat ich für dich. Alles was ich je wollte, war, dich zu beschützen. Doch das konnte ich nicht. Stattdessen blieb mir nur die Rache. Die Rache, um andere zu beschützen. Kinder, die Vätern, Müttern, Fremden schutzlos ausgeliefert waren. Es tut mir leid, dass ich dir nicht zur Seite stand, als es zu Ende ging. Verzeih mir. Hoffentlich werde ich eines Tages ein Engel sein, dir ins Gesicht sehen und mich aufrichtig bei dir entschuldigen können. Ich bin mir sicher, Gott wird mir vergeben, denn das ist sein Metier. Und wenn es soweit ist, werden wir uns wiedersehen. Warte auf mich! – Dein David

»Denkst du, dass es ein Liebesbrief ist?«, fragte Markus, der über Elenas Schulter ebenfalls auf die Zeilen starrte.

»Möglich. Oder eine Art Tagebuch. Zumindest ein Ausschnitt davon. Aber sieh dir die ausgefransten Ränder hier oben an. Scheinbar wurde ein Teil abgerissen. Hast du noch mehr davon gefunden?«, wollte Elena wissen, doch ihr Kollege schüttelte den Kopf und wandte sich wieder dem leblosen Körper zu.

Als sie einen zweiten Blick auf die Wörter warf, fiel ihr plötzlich etwas in der unteren Ecke des Papiers auf. Es war ein kleines Symbol, eine Blume. Aus irgendeinem Grund kam sie ihr merkwürdig vertraut vor. Doch woher?

»Mama?« Ein leises Wimmern aus dem Wartezimmer zog sofort ihre Aufmerksamkeit auf sich. Mala sah durch rot unterlaufene und vom Weinen aufgequollene Augen zu ihr.

»Ich fahre mit Mala heim. Schaffst du das hier?«, fragte Elena an Markus gerichtet, ohne ihre Tochter aus den Augen zu lassen.

»Ja, kein Problem. Ich habe ja noch die beiden.« Er deutete auf zwei Kollegen, die den Tatort routiniert sicherten.

»Wir sehen uns dann morgen, ja?« Markus legte die Stirn etwas in Falten.

Elena wusste, was er dachte. Nicht selten hatten Eltern gemeinsam mit ihren Kindern die Flucht ergriffen, wenn die Familie in Gefahr war und wer wusste schon, was Mala nun blühen würde?

»Ja.« Sie drückte ihrem Kollegen kurz die Schulter.

Ehe Elena ging, sah sie noch ein letztes Mal auf David hinunter. Die Farbe war seinem Gesicht entwichen und die Lippen begannen blau zu schimmern. Ein fast schon sanftes Lächeln zeichnete sich ab. Er wirkte seltsam entspannt.

Erst, als Elena ihre Tochter erneut schluchzen hörte, wurde ihr bewusst, wie absurd ihr eigenes Verhalten war. Sie selbst war mit David intim gewesen, hatte ihm ihre Liebe gestanden, sich nach ihm verzehrt. Jedenfalls bis er in ihr Visier gelangt war. Doch dass sie in dieser Situation derart gelassen, ja fast schon gefühlskalt reagierte, erstaunte sie selbst. Elena redete sich ein, dass der Schock die Emotionen noch im Zaum hielt und sie sich womöglich erst noch über die ganze Situation klar werden musste.

»Mama, bitte …«

Ohne noch eine Sekunde länger an Ort und Stelle zu verharren, ging Elena auf ihre Tochter zu und führte sie aus der Praxis. Fort von dem Blut, der Waffe und vor allem von David Leptin. Dem Mann, dem sie so lange vertraut hatte. Die Absurdität wurde ihr erst bewusst, als sie bereits im Auto saßen. Silas und David waren beide in ihrer unmittelbaren Umgebung gewesen und hatten sie nach Strich und Faden getäuscht, waren unauffällig unter dem Radar geflogen und hatten es sogar geschafft, Mala in alles hineinzuziehen. Was war sie für eine Kommissarin, dass Mörder direkt vor ihrer Nase ein- und ausgehen konnten? Sie umklammerte das Lenkrad fester, unterdrückte den Impuls zu schreien. Sie riss sich die ganze Fahrt über zusammen. Für Mala.

Zuhause angekommen, brachte sie ihre Tochter ins Bett, half ihr sich zu entkleiden und in den bequemen Schlafanzug zu schlüpfen. Malas Körper war kalt. Sie zitterte nach wie vor. Während das Mädchen zusammengekauert unter der Bettdecke lag, streichelte Elena ihren Rücken, versuchte, sie zu beruhigen. Alles was in dieser Nacht geschehen war, kam ihr surreal vor. Mala hatte sich ihre Waffe aus dem Tresor geholt, sich mit David mitten in der Nacht getroffen und ihn anschließend umgebracht. Ihr kleines Mädchen, das früher nicht einmal einer Fliege Leid antun konnte, hatte gemordet. Bei diesem Gedanken stockte Elena kurz der Atem. Was würde nun aus Mala werden?

»Mama?« Wieder diese wimmernde, gebrechliche Stimme.

Mala lugte unter der Bettdecke hervor und zog sie am Handgelenk etwas dichter zu sich.

»Würdest du heute nach hier schlafen?«, flüsterte sie fast schon mit Tränen in den Augen.

Ohne ein Wort zu sagen, kletterte Elena unter die Decke und kuschelte sich an ihre Tochter. Sie hatte Fragen. Wollte wissen, was Mala sich dabei gedacht hatte. Ob ihr bewusst gewesen war, in was für eine Gefahr sie sich gebracht hatte. Doch das musste warten. In dieser Nacht musste sie für ihr Kind da sein. Ihm alle Aufmerksamkeit schenken, die sie geben konnte.

»Ich … Ich muss dir etwas sagen, Mama.«

Malas Gesicht war zur Wand gedreht, doch Elena konnte deutlich hören, dass ihre Lippen bebten. Sie hielt Mala die Hand und legte den Kopf auf ihre Schulter, während sie den Oberkörper an ihren Rücken schmiegte.

»Ich wusste nicht, wie ich es dir sagen sollte. Ehrlich gesagt, weiß ich es noch immer nicht. Aber es ist etwas passiert. Ich wollte das nicht. Wirklich nicht. Ich bin doch selbst noch nicht erwachsen. Aber Silas ... Er ... Und jetzt ...«, stammelte Mala unter Tränen. Immer wieder rang sie nach Luft, schluchzte. Ihre Stimme brach mitten im Satz. Als sie keinen Ton mehr herausbrachte, nahm sie Elenas Hand und legte sie auf ihren Bauch. Elena hatte den Worten ihrer Tochter geduldig gelauscht. Sie verstand nicht, was sie ihr sagen wollte, auch als ihre Hand Malas Bauch berührte. Doch dann fiel es ihr wie Schuppen von den Augen. Zuerst wurde ihr warm, fast schon heiß, als die Wut Besitz von ihrem Körper ergriff. Es brodelte in ihr, wie ein Vulkan, der kurz davor war auszubrechen. Elena spürte wie ihre Wangen glühten und sie krampfte. Alles in ihr verspannte sich. Wie konnte dieses Monster ihrer Tochter nur so etwas antun? Sie war noch ein Kind! Verdammte sechzehn Jahre alt! Elena wollte aufstehen und schreien, besann sich dann jedoch eines Besseren. Es hatte keinen Sinn, Mala einen Vorwurf zu machen. Sie war vergewaltigt worden, stand unter Schock und kämpfte mit sich selbst. Doch das Wichtigste war, sie brauchte jetzt keine Moralpredigt, sie brauchte jemanden, auf den sie zählen konnte. Sie brauchte ihre Mutter.

KAPITEL 40

Am nächsten Morgen fuhren Elena und Mala wie vereinbart aufs Revier. Ihre Tochter hatte ein wenig schlafen können, während sie selbst kein Auge zugetan hatte. Zu viele Gedanken schwirrten durch ihren Kopf. Über Mala, das Kind, Mia, Silas, David, ihre Unfähigkeit als Mutter, den Hang zu Männern, die ihr letzten Endes nicht guttaten. Doch als sie den Eingangsbereich betraten, wurde klar, dass sie ganz andere Sorgen hatten.

»Mala Küster? Würden Sie mir bitte folgen?«

Lutz Immig, der rothaarige Neffe des Chefs gab Elena und ihrer Tochter mit einem grimmigen Gesicht zu verstehen, dass sie ihm folgen sollten. Sie gingen den Flur entlang und schließlich zu den Verhörzimmern.

»Haben Sie einen Anwalt?«, fragte er fast schon mechanisch. Er stellte seine Gefühlskälte ganz offen zur Schau. Doch für Elena war das hier etwas Persönliches. Sie dachte, er wüsste um ihre Stellung und dass Mala ihre Tochter war. Dennoch wurden sie wie jeder x-beliebige Verdächtige behandelt.

Während Elena die Hände zu Fäusten ballte, spürte sie den verunsicherten Blick des Mädchens neben sich.

»Wir sind ohne Anwalt hier. Aber ich werde dem Gespräch beiwohnen, klar?« Der Frust in Elenas Stimme war deutlich hörbar.

Immig zuckte nur die Achseln und öffnete die Tür. Das fast leere Zimmer war spärlich beleuchtet. An dem unscheinbaren Tisch standen vier Stühle, auf welche sie zusteuerten. Elena nahm neben Mala Platz und drückte ihre Hand.

Als die Tür ins Schloss fiel und ihr Kollege Torben Reis den Raum betrat, schluckte Elena. Auch er sah etwas verunsichert aus.

»Guten Morgen. Ich bin Kommissar Reis. Du musst Mala sein? Ich habe schon viel von dir gehört.«

Ein dumpfes Klopfen an der Spiegelwand hinter ihm ertönte und der junge Polizist lief sofort rot an. Er räusperte sich und sprach dann weiter. »Nun, gestern Nacht kam es gegen zwei Uhr zum Todesfall von Dr. Hendrik David Leptin. Du wirst des Mordes verdächtigt. Wir benötigen eine Aussage. Schildere bitte die Ereignisse der vergangenen Nacht.« Elena sah, dass er die Kugelschreiberspitze nervös über das Papier des Collegeblocks gleiten ließ, während er zwischen Mala und ihr hin und her sah. Als ihre Tochter nichts sagte, drückte Elena erneut ihre Hand. »Hab keine Angst. Ich bin hier.«

Mala nickte zögerlich.

»Ich habe ihn nicht umgebracht«, sagte sie bemüht ruhig, doch das Zittern in ihrer Stimme war unüberhörbar.

»Können wir vielleicht weiter vorne anfangen? Zum Beispiel, wieso habt ihr euch um diese Uhrzeit getroffen?«

»Ich habe ihm geschrieben, dass ich dringend mit ihm reden musste. Er war einverstanden und schlug seine Praxis vor.«

»Weswegen musstest du mit ihm reden? Und hatte das nicht Zeit bis zum nächsten Tag?«

Mala schüttelte den Kopf. Sie entzog Elena ihre Hand und spielte nervös an ihren Fingernägeln.

»Ich wollte wissen, ob es stimmt. Dass er mit Silas Hayden unter einer Decke steckte und damit Mitschuld daran hat, dass … an meiner Situation.«

Elena schluckte. Ihr wurde bewusst, dass sie es war, die Mala in diese Verzweiflungstat getrieben hatte, indem sie nicht sofort zur Tat geschritten war. Und nun musste ihr kleines Mädchen sich deswegen rechtfertigen.

»Wie kamst du darauf?«, fragte Kommissar Reis und notierte sich etwas.

»Ich habe Mama und Markus belauscht. Also Kommissar Caspari«, sagte Mala noch immer mit zittriger Stimme.

»Und daraufhin hast du dir die Dienstwaffe deiner Mutter gegriffen und ihn aufgesucht? Du musst wissen, allein dieses

Verhalten kann schon rechtliche Folgen haben. Und da du bewusst mit einer Waffe in die Praxis gefahren und Dr. Leptin umgebracht hast, kann der Richter auf Mord mit Vorsatz entscheiden.«

»Was redest du für eine Scheiße? Mala hat ihn nicht umgebracht! Hör ihr doch mal zu!« Elena wurde laut und schlug mit der Faust auf den Tisch.

Torben schrak kurz zusammen, blätterte einige Seiten des Blocks zurück und sprach dann weiter.

»Wir haben nur Malas Fingerabdrücke am Abzug gefunden, deswegen …«

»Du lügst! Das würde sie niemals tun!« Wütend sprang Elena auf, wobei der Stuhl rücklings zu Boden knallte.

»Frau Küster, kommen Sie bitte mit.« Lutz Immig stand in der Tür und winkte sie zu sich.

Als Elena sich weigerte, trat er zu ihr, packte sie am Oberarm und führte sie hinaus. Unter lauten Protesten rief Elena ihrer Tochter zu, dass sie auf den Anwalt warten solle, den sie sogleich anrufen würde. Dann schloss sich die Tür hinter ihr.

»Was soll das? Spinnen Sie?«
Immig reagierte nicht, sah nur zur Seite. Markus kam herbeigeeilt und stellte sich zu ihnen.

»Leni, du musst dich beruhigen. Damit hilfst du Mala nicht.« Er legte ihr eine Hand auf den Rücken und schob sie aus dem Vorzimmer.

Sie gingen in sein Büro, wo Elena auf einem der Stühle Platz nahm. Erschöpft legte sie den Kopf in die Hände und seufzte. Ihr ganzes Leben war aus den Fugen geraten. Kaum, dass ein Problem gelöst war, meldete sich schon das nächste.

Markus schob ihr den frisch aufgebrühten Kaffee zu, den Elena dankend mit den Händen umschloss. Nachdem sie einen Schluck getrunken und sich in die Stuhllehne fallen gelassen hatte, schob Markus ihr einen Gegenstand über den Tisch zu.

»Ich weiß, der Zeitpunkt ist denkbar ungünstig. Aber vielleicht tut dir etwas Ablenkung gut. Du erinnerst dich an das Stück Papier von gestern? Es scheint hieraus zu sein. Du hattest recht. Es war kein Liebesbrief. Dr. Leptin schrieb wirklich Tagebuch. Sieh es dir an, wenn du willst. Ich werde mal sehen, ob ich Mala einen Anwalt besorgen kann. Ich komme gleich wieder.«

Markus stand auf und verließ das Büro. Elena sah emotionslos auf den ledernen Einband vor sich, der mit einem dünnen Bändchen umwickelt war. Zuerst wollte sie es nicht sehen, doch alles war besser, als daran zu denken, dass ihr kleines Mädchen schutzlos in diesem dunklen Raum saß und womöglich mit präzisen Fragen in die Enge gedrängt wurde. Sie hatte zwar ihre Differenzen mit Markus gehabt, doch er würde sein Bestes geben und einen guten Anwalt finden. Dessen war sich Elena sicher.

Ihre Finger glitten über das Buch. Als sie es aufschlug, fiel ihr sofort das alte Papier auf. Die saubere, verschnörkelte Schrift war leicht verblasst. Und dann war da noch die Blume am unteren Rand einer jeden Seite.

KAPITEL 41

14.08.1981

Ich weiß nicht, was ich tun soll. Ich bin so wütend! So unglaublich wütend! Und zugleich unendlich traurig. Jeden Tag knie ich an Darias Bett, halte ihre Hand und bete zu Gott, dass er sie aufwachen lässt. Aber es ist immer dasselbe. Sie atmet ruhig, schläft, zeigt keine Reaktion. Ich lese ihr aus ihrem Lieblingsbuch vor, in der Hoffnung, dass sie aufwacht und mich anstrahlt. Aber es passiert nicht. Wie konnte Vater ihr das nur antun? Wie konnte Gott das nur zulassen? Gibt es überhaupt einen Gott? Ich kann es nicht glauben! Ein Gott würde einem unschuldigen Mädchen niemals so ein Leid zufügen! Ich hasse Vater! Ich hasse, hasse, hasse ihn! Gott sollte ihn bestrafen!

17.08.1981

Jede Nacht weine ich mich in den Schlaf. Daria ist noch immer nicht aufgewacht. Ihr strahlendes Lächeln fehlt mir so.
Vater trinkt noch immer diesen stinkenden Alkohol, lässt seine Wut an mir aus. Ein Mann weint nicht! Reiß dich zusammen! Er schreit mich jeden Tag an. Und wenn er dann seinen Gürtel aus den Laschen seiner Hose zieht, verkrampft sich mein Magen. Ich habe das Gefühl, dass die Schläge härter als früher sind. Der Schmerz ist unerträglich, doch es bringt nichts, vor ihm wegzulaufen. Je mehr ich mich wehre, desto aggressiver wird er.

Mutter wischt mir danach immer das Blut vom Körper, badet mich und sagt, dass ich es verdient habe. Ein böser Junge gehöre bestraft. Ich solle gehorchen, dann würde mir auch nichts geschehen. Aber was mache ich denn falsch? Bin ich böse, weil ich traurig bin? Diese Welt ist ein so ungerechter Ort!

25.08.1981

In den vergangenen Tagen habe ich gespürt, dass etwas anders ist. Die Schläge von Vater taten kaum noch weh, obwohl er genauso hart wie immer zuschlug. Er meckert mittlerweile täglich über Daria, weil sie Arbeit macht und nicht im Haus helfen kann. Dass er an dieser Situation schuld ist, sieht er aber nicht. Langsam glaube ich, dass ich der einzige Mensch in diesem Haus bin, der sich um meine kleine Schwester sorgt. Aber lange mache ich das nicht mehr mit. Gott hilft mir nicht und deswegen habe ich einen Entschluss gefasst. Wenn er nicht über Vater richten will, werde ich es tun. Für Daria.

17.09.1981

Die letzten Tage habe ich viel nachgedacht. Über meine Familie. Über das, was ich getan habe. Obwohl es etwas so Schreckliches ist, habe ich keinerlei Schuldgefühle. Mutter redet nicht mehr mit mir. Sie weint nur, geht jeden Tag an Vaters Grab und fragt ihn, wieso ich ihm das Leben nahm. Sie hat es nicht verstanden. Nicht gesehen, dass ich es für Daria getan habe. Mutter hat immer schon weggesehen. Wenn Vater zu Daria ging, flüchtete sie aus dem Haus und ging einkaufen. Wie wenig kann eine Mutter ihre Kinder lieben, sie vor Schlägen nicht zu schützen?

Aber das ist jetzt vorbei. Wir sind endlich frei! Vater wird uns nie wieder etwas antun! Ich zittere noch immer, aber das spielt keine Rolle. Endlich hat er bekommen, was er verdient! Und Mutter wird es ähnlich gehen.

25.09.1981

Ich kann es noch nicht fassen … Du bist fort … Weg. Verschwunden aus meinem Leben. Ich war in der Schule, als man es mir sagte. Dein Herz hat einfach aufgehört zu schlagen. Zu stark waren die Verletzungen, die Vater dir zugefügt hatte. Ich kann nicht aufhören zu weinen. Selbst das Schreiben dieser Zeilen fällt mir schwer. Daria, wie soll ich ohne dich leben? Wie kann ich ohne dich sein? Wer gibt mir jetzt den Halt und die Kraft weiterzuleben? Daria, ich will das nicht. Komm zurück zu mir! Bitte!

28.09.1981

Gott bestraft mich für meine Sünden. Für die Rache an Vater. Erst Daria und jetzt Mutter. Sie hat es nicht mehr ausgehalten und sich erhängt. Mein Anblick war zu viel für sie. Ihre letzten Worte an mich waren, wäre der Teufel nicht in meine Seele gelangt, würde Daria noch leben und Vater auch. Als ich dann aus der Schule kam und sie in der Scheune fand, spürte ich gar nichts. Es war anders als bei Daria. Ihr

Tod hat mich verkrampfen und brechen lassen. Er riss mich in Stücke.
Doch Mutter dort hängen zu sehen, löste überhaupt nichts in mir aus.
Ich bin ein Monster. Wer bringt seinen Vater um und hat am Ende
auch die eigene Mutter auf dem Gewissen?

17.10.1981

Gott lässt mich nicht gehen. Der Tod ist zu gut für mich. Ich habe nun
bereits zwei Mal versucht, mir das Leben zu nehmen, doch immer wieder
rettete man mich. Es hat keinen Sinn. Er will, dass ich mit meiner
Trauer lebe und niemals glücklich werde. Das ist meine Strafe.

Elena schluckte und blätterte weiter. Jede einzelne Seite des
Buches war ausgefüllt. Wie schon in seiner Kindheit hatte
David nicht jeden Tag dokumentiert. Es fanden sich viele
Lücken, teilweise fehlten ganze Jahre. Ganz hinten fand sie
eine halbe Seite. Der untere Teil war abgerissen. Sie nahm das
in Folie gelegte Stück Papier, das Markus am Tatort gefunden
hatte und hielt es an den Riss. Wie vermutet passte es perfekt.
Dann las sie den letzten Eintrag des Buches.

24.09.2018

Liebste Daria,

noch immer liegt mir das Herz schwer in der Brust, wenn ich an dich
denke und daran, was unser Vater dir angetan hat. Es vergeht kein

277

Tag, an dem ich mir nicht wünsche, dass du hier bei mir wärst. Dein Lachen, deine Tagträume, deine Gutmütigkeit. Du warst mein Lebensinhalt, der Grund zuhause zu bleiben und nicht fortzulaufen. Du brauchtest mich und dennoch habe ich versagt. Aber glaube mir, ich habe versucht, die Welt zu einem besseren Ort zu machen. Ich habe Vergewaltiger und auch Kinderschänder zur Strecke gebracht. Gejagt habe ich sie und für ihre Taten büßen lassen, damit sie das Leben Unschuldiger nicht zerstören konnten. Es mag Ironie des Schicksals sein, doch jetzt, da dein 37. Todestag unmittelbar bevorsteht, spüre ich, dass mein Feldzug enden wird. Ich weiß nicht wie und auch nicht wann. Aber die Zeichen sind eindeutig. Die Polizei ist mir dicht auf den Fersen und es ist nur eine Frage der Zeit, bis sie die Verbindung zwischen Marlon Claasen und mir hergestellt haben. Ich bereue keine meiner Taten. Wenn ich gehen muss, tue ich dies reinen Gewissens. Ich habe Gott gespielt und werde bald dafür bestraft werden. Aber glaube mir Daria ... alles was ich je getan habe, tat ich für dich. Alles was ich je wollte, war, dich zu beschützen. Doch das konnte ich nicht. Stattdessen blieb mir nur die Rache. Die Rache, um andere zu beschützen. Kinder, die Vätern, Müttern, Fremden schutzlos ausgeliefert waren. Es tut mir leid, dass ich dir nicht zur Seite stand, als es zu Ende ging. Verzeih mir. Hoffentlich werde ich eines Tages ein Engel sein, dir ins Gesicht sehen und mich aufrichtig bei dir entschuldigen können. Ich bin mir sicher, Gott wird mir vergeben, denn das ist sein Metier. Und wenn es soweit ist, werden wir uns wiedersehen. Warte auf mich! – Dein David

Eine Träne rann Elena die Wange hinunter und tropfte auf ihre Hand. Als die Tür hinter ihr aufging, wischte sie die feuchte Spur rasch von der Haut und klappte das Buch zu.

»Der Anwalt ist schon da und bei Mala. Entschuldige bitte, dass ich dir nicht schon früher Bescheid gesagt habe, aber ich wollte von dem Rechtsbeistand wissen, wie die Lage ungefähr ist. Er denkt, dass Mala sehr gute Chancen hat. Also keine Sorge.«

Elena bemerkte seinen Blick, als er um den Tisch herumging und sich setzte.

»Du hast es gelesen. Ganz schön heftig, was er in seiner Kindheit durchmachen musste. Ich weiß, dass es moralisch nicht vertretbar ist, doch irgendwie kann ich ihn verstehen. Wieso er Marlon Claasen gefoltert hat, meine ich.«

Elena nickte stumm.

»Schon komisch, oder? Da sucht man fieberhaft nach Beweisen und dann fällt einem so was in die Hände. Wenn die Echtheit nachgewiesen wurde, alles mit unseren Tatorten übereinstimmt und wir die Leiche gefunden haben, könnten wir einiges zu den Akten legen. Aber sieht so aus, als hättest du mal wieder recht gehabt. Wir wollten dir nicht glauben und dabei warst du ihm so dicht auf den Fersen. Wer weiß, wenn wir dir früher geglaubt hätten, wäre Claasen vielleicht noch am Leben. Und Mala nicht in dieser unschönen Situation.«

Elena glaubte in seinem Gesicht einen Anflug von Trauer erkennen zu können. Er schien fast schon gedankenverloren auf das Tagebuch hinunter zu sehen, als er weitersprach.

»Weißt du Leni, auch wenn Dr. Leptin ziemlich krank gewesen sein muss, einem anderen Menschen so etwas anzutun, war er doch ein Guter.«

Elena sah mit feuchten Augen zu ihrem Kollegen. Sie wusste, was er meinte. David hatte gemordet, gefoltert, aber auch beschützt. Und das alles nur, um Buße zu tun und seine Schwester zu rächen. Weil er andere Kinder vor dem Bösen auf dieser Welt beschützen wollte. Seine Motive waren gut, nur die Umsetzung wider jedes Recht.

Elena mühte sich, ihre Fassung wiederzuerlangen, doch sie schaffte es nicht. Sie hatte gewusst, dass David etwas vor ihr verheimlicht hatte. Dass er nicht fähig gewesen war, zu lieben und seinen Gefühlen so Ausdruck zu verleihen, wie andere es taten. Doch hätte sie nicht geglaubt, dass die Abgründe seine Seele so tief verborgen gelegen hatten. Sie hatte sich in ihn verliebt. In einen Serienmörder, einen Rächer, einen selbsternannten Richter, der über Leben und Tod entschieden hatte. Und dennoch verstand sie ihr Herz. Er war ein gutaussehender, kluger Mann gewesen, der davon überzeugt gewesen sein musste, das Richtige zu tun. Und genau in diesem Punkt hatte er Elena geähnelt. Sie traten für das ein, an was sie glaubten. Das Gute.

EPILOG

08.06.2024

Mala schlug das Buch zu und legte den Kopf in den Nacken. Die Sonnenstrahlen streichelten ihr Gesicht und schienen ihren Körper mit Energie zu versorgen. Sie hatte die Lust am Leben und an der Welt außerhalb ihres Bettes wiedergefunden. Dies lag nicht zuletzt an Maxim, der wie fast jeden Tag in der Sandkiste saß und mit seinen Spielzeugautos Spuren im Kies zog. Dabei brummte er laut, um die Motoren nachzuahmen.

»Hier, dein Eis«, sagte Mia, und setzte sich neben ihre große Schwester. In den Händen hielt sie drei Stangen rotes Wassereis.

»Wo ist Mama?«

»Die hat noch irgendwas gesehen. Schuhe oder so. Markus hat gesagt, ich soll einfach schon einmal zu euch gehen.«

Sie leckte an dem Wassereis.

»Maxim, dein Eis!« Sie wedelte mit dem übrigen Eis in der Luft.

Der kleine Junge mit den blonden Haaren und den strahlend blauen Augen kam zu ihnen gelaufen und setzte sich neben die ältere der beiden. Zu dritt ließen sie die Beine von der Bank baumeln und genossen das gefrorene Wasser mit Kirscharoma.

»Ich hätte schwören können, dass er es war!«, hörte man Elena bereits von Weitem. Sie gestikulierte wild, während Markus laut lachte und ihr einen Arm um die Schulter legte.

»Na klar. Als ob er am helllichten Tag durch den Park läuft.«

»Schuhe, hm?« Mala beäugte ihre kleine Schwester skeptisch.

Tatsächlich wusste sie, dass Elena noch immer nach Caius Klingenberg suchte und quasi jedem blonden Mann hinterherlief, nur um doch wieder enttäuscht zu werden. Seit jenem Tag vor sechs Jahren hatte sich so viel verändert. David war tot, Caius verschollen und Elena war am Boden zerstört gewesen. Die Wahrheit über den Psychiater zu erfahren, hatte ihr zwar etwas geholfen, den Glauben an die Menschheit nicht gänzlich zu verlieren, doch dass ihr Kollege ohne ein Sterbenswörtchen einfach auf und davon war, begriff sie bis heute nicht.

»Ach was soll's. Irgendwann sehe ich diesen Deppen wieder und dann kann er sich was anhören!«

»Ja, Oma! Zeig's ihm!«

Maxim warf die Arme in die Luft und ließ dabei versehentlich das Wassereis los. Es flog in hohem Bogen durch die

Luft und landete etwas entfernt in einem Gebüsch. »Oh nein!« Sofort sprang der kleine Junge auf und lief dem Eis hinterher.

Mala beobachtete ihren Sohn, der regungslos vor dem Eis stand. Sie befürchtete, dass er gleich weinen könnte, stand auf und ging zu ihm.

»Ach, Maxim. Mach dir nichts draus. Komm, wir holen dir einfach ein neues Eis.«

Sie streckte ihm eine Hand entgegen. Das Kind reagierte jedoch nicht, sondern sah einfach nur geradeaus.

»Na komm!«, versuchte Mala ihn erneut zum Gehen zu motivieren, doch noch immer zeigte das Kind keine Reaktion. Sie kniete sich hinunter, sodass sie mit ihrem Sohn auf Augenhöhe war und nahm seine Hand.

»Maxim? Schatz? Ist alles in Ordnung?«

Nun reagierte der Junge. Ganz langsam drehte er den Kopf zu seiner Mutter und sah sie mit großen Augen an.

»Wer ist Maxim?«

DANKSAGUNG

"Keine Schuld ist dringender, als die, Dank zu sagen."
— Marcus Tullius Cicero

Wie bereits im ersten Band richtet sich mein Dank vor Allem an Lisa Arnhold und Katrin Thoß. Ihr habt die Rohfassung ertragen und gelobt, sodass auch diesmal die Motivation stets erhalten blieb. Vielen Dank dafür!

Habe ich den Fehler noch bei meinem Debütroman gemacht, sollte es diesmal nicht passieren. Das erweiterte Korektorat wurde von Nina Micieli durchgeführt, die elegant den Rotstift geschwungen und mir den Wald vor lauter Bäumen gezeigt hat. Danke für deine Mühen!

Und selbstverständlich geht der Dank auch an meine Lieben daheim auf dem Sofa, die mich einfach machen ließen. Nichts ist schlimmer, als ständig aus dem Konzept gebracht zu werden. Doch dieses Problem hatte ich dank euch nicht!

Wen ich unter gar keinen Umständen vergessen möchte, sind alle, die meinen Debütroman gekauft und mir Feedback gegeben haben. Ich hätte nie zu Träumen gewagt, dass dieser so viele Leser fesseln und zu positiven Rückmeldungen bewegen würde. Sei es in einem direkten Gespräch, über soziale Kanäle oder Rezensionen auf verschiedenen Plattformen. Jedes Wort hat mein Herz höherschlagen lassen und mich zugegebenermaßen mit Stolz erfüllt.

Also herzlichen Dank an alle Leser — ich weiß das sehr zu schätzen!

Zeitfracht Medien GmbH
Ferdinand-Jühlke-Straße 7
99095 Erfurt, Deutschland
produktsicherheit@kolibri360.de